畫自己的畫

西西 著

何福仁 編

中華書局

目錄

一雙大大的眼睛

牆。牆是最重要的。在「牡鹿、野牛和山羊」的繪畫時代，畫是利用洞穴上的牆。但是過了五千年後，繪畫的牆已經改變了，變作了神廟裏的牆，變作了墳墓裏的牆。

從史前的繪畫開始，例如那是舊石器時代，一變變作埃及的繪畫（這中間一共有五千年繪畫歷史上的空白）。埃及人看來不喜歡畫動物，他們對牡鹿、野牛和山羊都不感興趣，他們喜歡船，喜歡捕魚，喜歡種田，喜歡獵鳥，所以，他們就用這些做題材。但是，埃及人最喜歡畫的還是人，他們畫下了人的形象，這是因為人會死，人死了之後，除了用畫來保留人的面目外，就沒有別的辦法了。而他們相信人是不會真正死去的。他們畫人，目的是使「死者永存於世」。這些畫是求「真」的，人物真，面目真，動作也真。

以前，人們關心野獸，現在關心他們自己。但是，除了自己之外，埃及人還關心神。神的樣子是繪在神廟裏的，人和神的樣子是一樣的。所以凡是神、英雄、君王這樣的人物，在構圖上都比其他的人物大。「大」就是表示重要。然後，顏色也不同，重要的人物的顏色是鮮明的。

埃及的繪畫很容易辨認。一直沒有人好好地解釋過，為甚麼他們總是喜歡畫側面，又喜歡正面畫上大大的眼睛，像一粒橄欖那樣。是宗教的原因嗎？他們畫腿的時候，又總是畫二隻左腳，或者二隻右腳，他們難道不知道二隻腳是一左一右的嗎？

到了法老王的時代，埃及的繪畫已經承繼了早期埃及的遺產了。這時候，最有價值的還是那些貴族墓中的壁畫。畫這種壁畫是一種「純粹繪畫」，因為那些牆被塗上顏色後就不能再改了。他們的工具是大小的筆掃，顏色有黑、紅、黃、藍、綠。這時的繪畫雖然已經注意水波紋、魚鱗和麥穗的花紋，卻是一種視覺上 2D 的作品。

再過一些日子，埃及的可愛的繪畫變了質，因為那些畫匠們替圖畫裝飾起來了，替圖中的人物鑲嵌上珠寶，畫很仔細的衣褶，配上花草樹木，這樣，繪畫已經不是繪畫，而是一種浮雕了。

埃及墓葬情景

古埃及繪畫中乘船的畫面

大大的眼睛是埃及繪畫的一大特徵

古埃及貴族墓中的壁畫

時間畫進了空間

你稍後會知道一連串的名字：他們是希瑪布、喬多、杜西奧、西蒙尼、彼得羅和安布羅喬兄弟，六個，但是如果我問你，能夠分辨他們的作品嗎？如果我把其中一個人的一幅畫讓你看，叫你指出是誰畫的，你能夠嗎？除了喬多，其他人的答案恐怕並不容易。這是畫家的問題，也是看畫的人的問題。要對一個藝術家有真正的認識，我們是必須多加了解、多加研究他們的作品才好。

當然，就是欣賞繪畫，純粹感受，也是好的。不過要真正認識繪畫，路可有二條，一是直的，理解繪畫歷史的發展，涉及源流、影響、作者生平、風格；另一是橫的，是理解繪畫作品，注重個別作品本身的分析，以及價值判斷。

目前，我們還停留在繪畫歷史的十三世紀上，時間可不一定是一條直線，尤其是對文學藝術來說。我們不如從橫的方面入手，單獨討論作品的本身，這，使我們能夠先認識一些畫，最低限度也可以像見了《蒙娜麗莎》時，立刻喚得作者列奧納多．達文西的名字來。

這一幅《收割場景》（*Harvest Scenes*）一看就知道是埃及的墓中壁畫，因為圖中的人物都是古代的埃及人，但，僅僅靠這些埃及的典型人物造型，並不足以表明埃及繪畫的風格。

畫共分三個場面，最上那一組是描寫左邊一個富人，看着好幾個僕人用一條繩來量度麥田；最下一幅是描繪工人們用鐮刀割麥，而富人自己，卻坐在左方的椅子，椅上有布遮着猛烈的太陽。中間的一組，是描寫富人的馬車，他的僕人正在計算一堆麥子的數量。這幅畫很詳細地描摹收割時的細節，彷彿不是叫讀者看到收割前後的情形，而是要讀者知道收割時節的每一種工作。這是以知識為主的繪畫。我們知道，埃及人極其重視他們死後的生命，他們認為人死後會再生，所以他們把死了的人生前存活過、知道的東西都畫在壁上，當死者復生後，便可以從畫中重溫一切，不但能見到以往，更重要的還是明白以往，像怎樣量麥田、怎樣計算、怎樣收割等。

這幅畫是公元前一四〇〇年的作品，地點是埃及北部底比斯（Thebes）一個墓中的壁上，墓中埋的便是坐在椅上的富人。畫是他死後作的，他成為唯一的觀者。

埃及人的古畫反映他們的等級觀念，圖中繪得形狀最大的是富人，其次是僕人，工人又細小些。所以，我們看埃及的畫，就可以明白為甚麼人物大小的比例非常懸殊，這是社會風俗的寫實，但繪畫本身，卻是寫意多於寫實。

此外，埃及的畫是平面的，沒有遠近距離之分，當他們要畫一些遠方的樹木，就把樹木畫在畫的上方，在這幅畫中，我們見到那些樹彷彿長在人們的頭上。

畫中最值得注意的是畫人的風格：身體和眼睛是正面的，但頭、手和足是側面的。大大的眼睛，往往是白色。為甚麼手和足是側身呢？還沒有人找到具有說服力的說法。至於畫中出現一匹馬，當時埃及還沒有馬，也沒有畫馬的風格。因為沒有馬，圖中的馬便是純粹的「創造」，像斑馬，而整幅畫，只有馬是生動的，和其他的線條、其他人程式化的動作很不和協。值得注意的還有，畫家已經能夠用一條橫線來分隔場景，像連環圖，代表三個不同的程序，時間已經靜悄悄地進入了古人的空間。另一幅同樣在底比斯發現，只有兩層，上層是耕耘，下層是各種收穫，也同樣用橫線分隔。

埃及繪畫一早就有了這種風格，三千年內還保留着這種傳統。

埃及的墓中壁畫《收割場景》

以耕作為主題的埃及繪畫

記事的畫

這畫原來是一幅，分拆成四幅，很古老很古老的啦，古老到要往回公元前三千五百年，是埃及那些人最初畫的畫，比《收割場景》還要早，當然比甚麼希臘的羅馬的還要早得多。我們知道遠古的人類，會用繩打結記事；埃及這時期，正在用圖像記事。這幅畫就是他們的圖像畫，看起來，它簡直就和埃及的書法差不了多少，也說不定這可能就是一篇描寫文或記敘文。

畫是畫在尼羅河畔 Hierakonpolis 那個地方的，畫在墓中抑是在廟裏，連考古家也不清楚。不過，它肯定是畫在牆上的。因為古老，挨不了時間的消磨，已變得模糊不清。畫中有很多人，又有很多動物，有的好像是二個人打野獸，有的又好像是二個野獸打人，真叫人猜壞了腦袋（像某些現代詩那麼深奧哩）。看來還有船，船頭還有一個錨拋着，船身上有一些建築（看過《埃及妖后》的就明白那種船的樣子了，我這也是像看某些晦澀的現代詩那樣胡猜，以為我猜得不對，也只是你的胡猜）。

這時代，埃及人還是以捕獵為生，但已經懂得用工具了；他們用石頭砌屋，又造了船，而且各部落間還常常打仗。看（你可以不信我），圖的右下角，那個滿身斑點的人把那個滿身漆黑的人打敗了，畫這幅畫的人是很有點腦筋的，打勝仗的人是站着的、直立的，打敗仗的人就 upside down 啦。

畫中的不論是人、動物、船，甚麼都是平面的，只有當二人圍攻一頭野獸才比較「立體」，才像是從高空俯覽下來見到的，牠有一個頭一條尾四隻腳，其他的，尤其是畫中那五頭羊圍着一個磨似的圓圈，這些羊都是側面的面貌。至於那些羊在做甚麼，我就不再猜了。你有興趣猜牠們在做甚麼？

畫這幅畫的人，在講故事，也在寫文章，而且在同一畫面記敘不同的事，所以，他是畫家也是作家。他是在「速記」多於在「速畫」。在公元前三千多年，已經很了不起了。

埃及人用來記事的圖像畫。右下角戰敗的人被畫成倒立的模樣。

船和船身上的建築

圍着一個圓圈的五頭羊

航返拜占庭

在街上每天遇見許多許多的人，看見人的時候想起神，想起神的時候會想起教堂，想起教堂的時候會想起那些窗子，想起那些窗子的時候會想起那些花花綠綠的彩色玻璃，想起彩色玻璃的時候就會想起拜占庭（君士坦丁堡，又譯康斯坦丁堡）。

拜占庭，是東羅馬帝國的中心，君士坦丁在三二七年建造。

提起拜占庭，要記得的是三點：

在時間上是公元三〇〇至一五〇〇年間。

在性質上是基督教促成的一種裝飾畫。

在傳統上是直承希臘和羅馬的繪畫。

當年的君士坦丁大帝在東方建立了基督教王國，建造了大大的教堂（建築上匯合了羅馬式的圓柱廣廊以及印度式的弧形宮頂，裏面便有各種彩色的玻璃小整幅的圖畫，透過陽光的照射，色彩鮮艷繽紛，像近代梵高的筆觸，又像小學生們撕紙貼成的圖畫。不過大教堂被毀的不少，留下的鑲嵌畫也非常有限。

拜占庭時代的玻璃鑲嵌畫不像現代的教堂，會鑲嵌在玻璃窗上，是透光的，而是鑲在牆上，那是牆上的鑲嵌畫，英語 Mosaic，音譯為馬賽克，色彩方面除了紅、綠，最重要是金色。

這些作品是以教堂為展出地的，並不當是一種現代人所理解的藝術。內容方面也不是描寫日常的人和生活，而是神的肖像，或者是帝王貴族，其中最多的是皇后們。在這時期，神和帝王的頭頂上，都帶有光圈。

鑲嵌畫的特色是：人物是冷冰冰的，衣服則是硬繃繃的，姿態是死板板的，一點兒立體感覺也沒有，也找不到「自然主義」的味道。但，它們很表現了一種沉潛的力，嚴肅、陰沉和寧謐，影響很廣，直到文藝復興後，希臘、俄羅斯、意大利、南斯拉夫等地的教堂，仍可以找到它們。

鑲嵌只是拜占庭藝術其中一種。有的畫像更以琺瑯鑲嵌，這些畫是不是在畫史上佔有非常重要的一頁呢？不是，是工藝，而不是藝術，只是通向繪畫藝術的過渡，當時工藝家專注的是「畫甚麼」遠多於「怎麼畫」，對形式的探究是後來的事。

查士丁尼大帝和隨從

皇后和隨從

鑲嵌畫和鑲嵌窗

我們常常提起拜占庭、提起鑲嵌畫，但鑲嵌畫其實有兩種，我們通常把它們混為一談。一般上說的鑲嵌畫是指鑲嵌壁畫。這種畫是這樣的：用一粒粒很小的彩色石子，大概是以四方形為主，然後在牆上畫好了畫的輪廓，把這些小石子一方一方地砌上去；這，就像我們浴室裏的牆，或者像我們廚房裏的小磚地，它們是不透明的——不透明，是因為牆壁把光線都擋住了。公元六世紀時東羅馬帝國的一幅皇帝查士丁尼一世的鑲嵌畫，圖中，我們再仔細地看，可以清楚見到一小塊一小塊的彩石，眼睛大大的。砌成之後有點像可口可樂閃亮迎風生姿的銀片廣告一般。狄奧多拉皇后的一幅放大，也是這樣的。著名的《伊蘇之戰》也是一幅以石塊、玻璃等材質拼嵌而成的鑲嵌畫，這，我們會稍後談到。

不過，鑲嵌壁畫也不一定全是用小石塊砌成的，像另一幅羅馬鑲嵌畫《老虎殺牛公》，是公元前四世紀的作品，石子就砌成不規則的形狀，看起來像玩具盒的砌圖遊戲，或者電視節目裏的砌圖（jigsaw puzzle）。但不管形狀是不規則，或是四方形，小石子都是以雲石為主。

另一種鑲嵌畫則是鑲嵌窗畫了。這種畫的特色是有鮮艷的色彩效果。窗畫是要透明的，以便光線可以通過玻璃射在祭壇上，使教堂的氣氛更加嚴肅可愛。鑲嵌窗畫的材料不是雲石，而是玻璃。玻璃是彩色的，以紅、藍、黃三色為主，作不規則的切形，砌好之後，鑲在窗子的鐵框上。十二世紀在羅馬聖格肋孟聖殿的鑲嵌畫，畫風呈現拜占庭的影響，同時回歸早期天主教的結構，那是很好的結合，內容豐富，以十字架為中心，說了整個救贖的故事。

在製作方面，鑲嵌窗畫的工作遠比鑲嵌壁畫的工作精細麻煩，所以，鑲窗子就難多了，而且玻璃的大小形狀不可以預先準備，要臨時切開來牽就。至於小雲石，反而可以事先割成一大堆。

本來是工藝，不是畫；但當偉大的藝術家插手，可以轉化成為藝術。近代創作鑲嵌窗畫最出名的是夏加爾，例如他為以色列一所教堂做的作品。他大概是做鑲嵌彩窗最多的藝術家，讓古老的工藝變成藝術，有了光，教堂折射出亦真亦幻、色彩繽紛的世界。

羅馬鑲嵌畫《老虎殺牛公》

羅馬聖格肋孟聖殿的鑲嵌畫

夏加爾的鑲嵌窗畫

希臘希臘，羅馬羅馬

希臘人和羅馬人不喜歡金字塔，他們喜歡肥肚皮的水瓶，他們喜歡自己的神話、自己的荷馬、自己的維吉爾。他們就在那些大水瓶的肚皮上描寫他們的諸神。

希臘人也愛牆，他們也愛畫人，但他們畫的女孩子，不是埃及的女孩子，沒有下垂的直直的繩子一般的頭髮，他們畫的女孩子，頭髮彎呀彎呀的，鬈曲起來，像詩人雪萊的那個樣子。

馬也出現了，船的樣子最多，因為希臘人喜歡做生意，又喜歡旅行。在公元前十五世紀的時候，希臘的畫家們，都已經是「印象派」畫家了，他們繪畫從不注意細節，只把心目中感受的形象表現出來，只着重給別人以印象。但公元前一千年的希臘卻又變成了「抽象派」了，大家注重花紋啦、圓形啦，這一影響，使後來畫家們畫出來的人生生硬硬，像個紙剪貼。那些悠力西斯航海的模樣，就全是剪貼木偶的模樣。

到了公元前八百年，事情又好轉了，希臘受了一點東方的影響，使生硬的繪畫多了一絲靈氣。這時候，繪畫也逐漸求純，很大刀闊斧，連陰影也沒有，和近代繪畫十分相似。

羅馬人也愛牆，一提到羅馬，古城龐貝的牆就叫大家想起來了。羅馬人的畫，雖然是埃及人已畫過的，亞洲人已畫過的，希臘人已畫過的，但還有一點自己的風格，他們還有他們自己的神可以畫。起初，羅馬人受希臘的影響最大，因為畫家的老師都是希臘人。後來，亞力山大稱雄地中海後，羅馬人又受埃及的影響多些了，他們開始畫那些「遺像」。這是還沒有攝影的年代。人死了，剛退出活人世界的一剎那，畫家立刻替他來一幅「遺照」，把他的臉面描繪出來，衣服、髮型、飾物都畫得一清二楚，這些遺像是給子孫紀念的。而這些人像，已經是正面的，不是側身的了，有二隻大大的眼睛。

人像的繪畫價值也許不大，但是，和原始的繪畫一樣，這些畫深入民間，不是帝王貴族的消遣品，而是真正的十字街頭的藝術。

希臘的水瓶，瓶身繪上諸神或馬匹的圖畫。

航海是希臘水瓶繪畫的一個重要主題

伊蘇之戰

鑲嵌畫這個名字我們已經知道了，因為鑲嵌畫就是拜占庭的特色，而拜占庭我們也已知道了。不過，鑲嵌畫是有兩種的，一種是純粹用彩色的玻璃砌成圖畫，當作窗子，光線可以透過玻璃，這是教堂中最愛用的裝飾畫；至於另一種，是用彩色的小雲石，一粒粒砌在牆上，光線是透不過的，這，就是今日的撕紙畫、實物貼畫的起源。拜占庭的時候，窗子式的鑲嵌畫已經很流行，在羅馬的全盛期，卻是小雲石式的鑲嵌畫比較多。《伊蘇之戰》（*The Battle of Issus*）便是這時候一幅大的作品。

這幅畫的內容是描寫希臘和波斯大戰的場景。描繪亞力山大東征波斯，把失陷的希臘諸城收復了。公元前三三三年，希臘軍抵達伊蘇灣，遇到了波斯王大流士第三親自統領龐大的軍隊，這支軍隊集中了波斯最大的兵力，也是波斯最後的防線，但亞力山大把大流士打敗了。畫中亞力山大在左邊，大流士在右邊。這次著名的伊蘇之戰，到了羅馬時代依然口傳戶誦，於是羅馬人便把它當作繪畫的題材。

繪畫成為歷史事件的記載，直到後來在龐貝出土。全畫的面積相當大，圖中左方延續過去的亞力山大和希臘兵都剝落不見了。像這樣的一種畫，價值不在繪畫本身，而像書本，喚起某些光榮的時刻。繪畫的人也沒有名字留下來，不過，它讓我們看到羅馬鑲嵌畫的風格，是當時鑲嵌畫的一個典型。

大流士第三的頭部特寫，細看可以得出整幅畫就是一方一方的小石塊砌成的，我們認為砌畫的人的手工精緻，卻不能認為這是偉大的繪畫藝術。換言之，這是很不錯的工藝品。羅馬是最盛行這種鑲嵌畫，羅馬人自己很少創作，卻最愛抄襲古人的畫，把希臘已有的作品抄下來，然後砌些小雲石上去，便算是自己的畫了。

伊蘇之戰是公元前三三三年的事，但作品本身卻是公元前一〇〇年的，是龐貝城中掘出來的古董，現存於意大利那不勒斯博物館中。這種鑲嵌畫日子久了，畫面上不會出現長條的裂痕，但會像太舊的樓宇，一塊一塊地剝落。

鑲嵌壁畫《伊蘇之戰》，描繪亞力山大與大流士決戰的情景。

位於畫面左邊的亞力山大（局部）

位於畫面右邊的大流士（局部）

喪禮瓶

「喪禮瓶」（Funerary Vase）是用來作喪禮時用的紀念品。上面開口，底是空的，人們把焚祭的東西拋進瓶中，然後再撒落地上。

希臘人畫過不少優秀的壁畫，但是那些畫已經隨着他們的神廟倒塌而毀了，現在，我們能夠認識的希臘繪畫，只有從那些古瓶上探討。

這裏，瓶的上一層畫的是一個死人，躺在一張床上，兩旁排列了一大堆送喪的人，他們拔自己的頭髮表示哀慟。從這一幅畫，我們很可以分別出埃及和希臘的精神來。埃及人死了之後，壁畫中沒有一絲哀慟的痕跡，埃及人這方面是沒有感情流露的，他們對人的死亡並不感到悲傷，這當然和他們的信仰有關，因為他們深信人死後會復生。這也就是為甚麼埃及人的壁畫大多是畫些生活知識。

希臘人並不認為人死了可以再生，他們的神是奧林匹斯山上的那一群，那些神，其實也是常人，有一般人的愛憎。希臘人重視人的生，喜歡描述活人多姿多采的事跡，所以，他們的作品都是以人為主，以表現生為主的。直到拜占庭時代，以人為主的繪畫轉為以神為主，對象變得抽象，畫便又缺乏人的活力了。

埃及人所繪的人都是具有一個「人形」的，但希臘的瓶畫卻具體細緻得多，人體大部分為圓形和三角形的構圖，表面上是幾何圖形，但富於動感，也充滿感情。

希臘的繪畫已經能夠達到了「純繪畫」的目的。原始山洞的繪畫是為了表現征服的慾望和對巫術的企求，出發點並不是求美。埃及的繪畫是為了傳遞知識，他們的繪畫，是為了省卻文字之苦；事實上，在埃及，繪畫和寫字都不是易事。只有希臘人，他們的繪畫就為了表現他們的生活，並且是在追求美的理想。把美展覽出來，美是要展示的，我們知道，原始人在山洞中的畫，都是在洞中深入的暗角，這是和公開展示的目的不同。

這喪禮瓶製於希臘阿地卡（Attica），是公元前八世紀的作品，現藏於美國紐約大都會藝術博物館。

喪禮瓶上繪畫的人呈幾何形狀

概覽一下

十三世紀以後，西方繪畫的歷史便相當複雜了，我們先概括地瀏覽一下，把說過的地方、人物串起來，然後再講下去。

藝術是以表現為主的，在希臘之前，還沒有真正的藝術出現，原始山洞的繪畫並不是純粹的表現作品，那些作品大部分有帶上迷信的意趣，把牛羊畫在壁上，是一面崇拜，另一面又希望藉此征服牠們。

埃及的畫家也還稱不上藝術家的，他們等於目前的一些廣告畫家，是一種商業機器，他們並沒有創造形象的自由，沒有他們自己的個性，他們要繪的形象，都由帝王或祭司所指定，然後按一定的程式去完成。

埃及的畫風曾吹向愛琴海諸島，但這些島，例如克里特（Crete）、聖托里尼（Santorini）畫的已不再是埃及式的墓畫、廟畫，而是宮殿畫、別墅畫，並且他們有選擇繪畫對象的自由，他們繪畫牛，跟牛表演，繪畫魚，繪畫他們的生活。不過，愛琴海的時代，繪畫雖盛，畫家的名字並沒有留傳，因為那已經成了詩人的時代，成了荷馬的時代。

希臘入侵愛琴海諸島，便吸取了愛琴海的文化，這時希臘踏進了全盛時期，哲學、史詩等等的蓬勃，乃有奧林匹斯山上的諸神和九位繆司的想像。希臘的人崇敬體態之美，他們的繪畫是理想的寫真，希臘的雕刻和繪畫都能達到一種人體之美，是活的生命被困於石內。

希臘衰落後，羅馬稱雄地中海，便帶走了希臘的雕刻，但羅馬人並沒有創造甚麼，他們把雕像放在宮中、花園中作裝飾，自己在繪畫雕刻上也不過把希臘的雕像塑得更柔和更圓潤而已。

希臘之神是和人一般的，有人的喜怒哀樂，充滿了生命力，是屬於健和美；但拜占庭的時代，是基督精神全盛的時代，繪畫轉而趨向於靈魂之美，把希臘所塑的美完全遺棄了，代替的是恆久卻生硬的形象、抽象的想像。到了後期，靈魂之美甚至變成了裝飾品，求莊嚴、求冷酷，再也沒有人情味了，因為神和人是不同的，拜占庭把神和人的距離分開了。

然後是對希臘的重返，是喬多他們，再把人的溫暖、神的可愛重新種植到地面上來。所謂「文藝復興」，就是重新復興希臘時代的審美精神，對人的肯定。

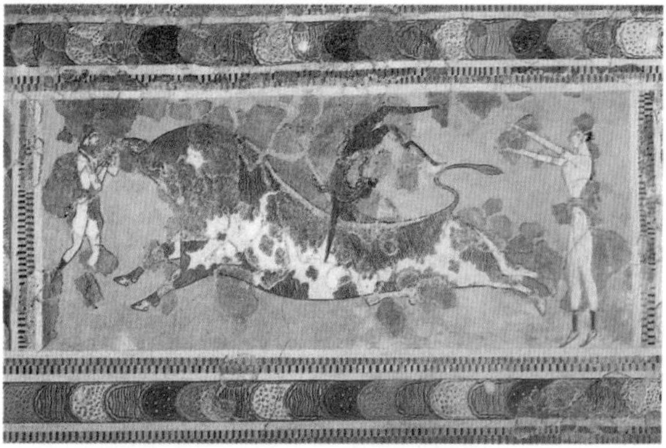

與牛一起表演的人

少年打拳（希臘聖托里尼）

書寫的年輕女子（龐貝出土）

運動的女子（最早的比堅尼）

大僧侶和小肖像

我們談起古典作品，尤其是繪畫，一開口便會來一句「文藝復興」。但是文藝復興之前的繪畫又怎樣？文藝復興是十五世紀前後的事，那麼文藝復興之前十個世紀的繪畫又怎樣？「文藝復興」要復興的是甚麼？

在中世紀，那就是公元四百年起到文藝復興的一段時候，世上的國家打來打去，書也不讀了，哪裏還有繪畫的餘裕呢？國民對藝術沒有興趣，大家都希望成為武士，國家要練兵，形成了重武輕文的現象。這時候，唯一培養畫畫的大本營就是修道院。因為中世紀幾乎全是戰爭、瘟疫、饑荒、死亡（四大魔王）的世界，貴族們對平民又不公平，所以宗教的繁殖蔓延得很快。信仰總是在這些環境滋長。教士多起來了，修道院也多起來了。僧侶們的勢力漸漸強大了起來。

這麼多的僧侶在幹甚麼呢？他們有的很有學問，而且又有的是時間，便在修道院中抄錄書本，把希伯來文的聖經翻譯成拉丁文，或者把希臘名言翻譯，抄寫下來，並且最重要的是，用繪畫向不懂文字的平民百姓傳道。書本加上圖畫，對宣揚信仰很有效，畫都小小的，而畫家有重要的地位。

這些小肖像畫是圖文並茂的，上面還加上字。因為是加插在書中的裝飾，所以，畫的四周往往畫上了花邊，尤其是一些大草字母，更着意加上了線條，以求多姿多采。當時的插圖都是僧侶們手繪或描印的，所以說不上甚麼創作。由於印刷術還沒發明、流行，僧侶們的工作是長期而艱巨的，一本書的完成從來不是容易的事。

畫在紙上和羊皮上的畫就和畫在牆上的、瓶上的，鑲在玻璃上的不同了。畫在紙上的畫可以用比較精細纖巧的筆觸，但因此也就失去了一種大刀闊斧的氣勢，也不講究甚麼「神韻」了。由於小肖像畫盛行，普通人家也可以擁有，畫家就以宗教為題材，把天國展示出來，天國的宗教名人第一次在畫史上出現，不過，工藝的肖像而已，還不是藝術。

使徒在書寫

聖安博

聖葉理諾

羅馬式、哥特式

我們提過「牆壁鑲嵌畫」和「窗子鑲嵌畫」，這兩種畫和上次說過的「羅馬式」與「哥特式」有很重要的聯繫。十二世紀以前教堂的形式和古代羅馬的建築有許多相同的地方，均以堅實為主，總是用直直的石柱支持，牆是石的，天花板也是名副其實的天花石，因樓頂上是石，石太重了，所以四面一定要用很厚的牆壁去支撐。而在石柱上面則用一個拱形的建築聯結起來；窗子也是圓拱形，而且很小，如果窗子開得大就糟了，那樣牆就會負擔不起屋頂的重量。所以羅馬式的建築，總是笨笨重重，看上去很紮實，看起來就像十號風球也吹它不倒。牆體厚重，半圓形的拱券，平面往往規則而對稱，加上巨大的塔樓，倒顯得雄渾而穩重。像這樣的建築，一片牆，所以只好在牆上動腦筋做裝飾，於是誕生了一大堆的牆壁嵌鑲畫。

到了十二世紀，法國的建築家發明了新的方法，不必用那些厚牆來支撐樓頂的重量，而用一些飛柱承托上方物件重量的壓力。就像香港一些地方拆樓時，用一些竹桿把旁邊未拆的樓宇扶住一般。既然有了飛柱，只要多建些直立的副牆連接，中間就剩下一個大大的尖拱形的空洞了。高高瘦瘦，尖形拱門、肋狀拱頂，以及扶柱（buttress），形成哥特式建築的獨特風格。

從此牆壁就不是要來支持天花板，而是要來間隔空間，就可以有大大的窗子了。有的窗子有五十五呎高，光線太強了吧？是的，那麼在玻璃窗上塗些顏色、畫些畫，就可以調節光線、增加美麗了。窗子鑲嵌畫之所以那麼流行，原來還是因為哥特式的建築物把它催生了出來。而同時，哥特式建築還有很多副牆，壁畫也就並沒有因此而受淘汰。

意大利人認為其他人都是蠻族，所以卑視哥特式建築，一度認為這是「野蠻的日耳曼風格」。不過，別以為意大利境內就全是羅馬式的建築物，威尼斯就有不少建築物是哥特式的，至於法國著名的巴黎聖母院，更是典型的哥特式建築。當時建築物為甚麼會這樣發達呢？原來十二世紀以前和十二世紀以後有很大的不同，十二世紀以前的中世紀時代，有很多的僧侶和貴族他們都有大寺院大堡壘，而窮人卻只能替有錢人工作、種田，全住在鄉下，鄉下是沒有大屋子的，只有大城堡；可是十二世紀一過，騎士制度散隊了，人民多數跑到城市去，去做生意，不依靠別人。於是屋子越建越多、越建越大，聰明的人就把藝術搬進建築，你有你的，我有我的一派，各有所好，有哥特式，又有羅馬式了。

哥特式建築：巴黎聖母院（網上圖片）

羅馬式建築：聖彼得大教堂（網上圖片）

希瑪布

世界上有很多的畫家，畫山洞中的犀牛的狩獵人是畫家，畫蘋果的塞尚也是畫家，但是，第一個畫家是誰呢？

第一個畫家大概是住在山洞裏的原始人吧，但是，我們連他們叫甚麼也不知道。那麼，埃及王墓中畫壁畫的人是畫家吧？可惜，壁畫又不一定是一個人畫的，可能一大堆人你塗一筆我塗一筆，也不知到底是誰，而且，他們的名字我們也不知道。

第一個畫家，我們要是以「文藝復興」為中心，把時間拉前一點兒，就是「拜占庭藝術」興起之後，這時，意大利出了一個大畫家，我們通常就以他做第一個有名字有作品留存下來的畫家了，這個畫家叫做喬多。

喬多是一個畫家的名字，和這個畫家有關的事情可多了，其中最重要的人物是希瑪布（Giovanni Cimabue, 1240-1302，又譯契馬布埃）。希瑪布也是一個畫家，他是喬多的老師。

這時是第十三世紀，意大利築了很多的寺院，因為基督教已經傳到了意大利，寺院裏通常是要畫畫的，而這時，又剛好是拜占庭的那些玻璃呀、圖畫呀最流行的時候，大家便找來了一批拜占庭畫工，到翡冷翠城來修飾寺院，因此，希瑪布就給大家在這批畫工中發現了。

這麼多的畫工，為甚麼其他的沒給發現，卻單獨地發現了希瑪布呢？原來他畫的畫和拜占庭那種死硬的樣子迴然不同，雖仍然帶有拜占庭繪畫末期的風格，他畫的人物卻富於人的情感，很有自然的感覺，線條優美，色彩也和諧，不像拜占庭的畫都像死人，色彩也是和日常的生活不同。他無疑是文藝復興藝術的先導，我們現在把希瑪布稱為「古典中的現代畫家」，因為在當時，他是最「現代」的，而古典的羅馬中世紀的繪畫，也以希瑪布為代表。

希瑪布的畫充滿了感情，是因為受了聖法蘭西斯的影響（聖法蘭西斯就是愛鳥、可以和鳥通話的僧侶）。希瑪布在聖法蘭西斯墓邊的阿西西教堂裏，畫了聖母的故事，其中的聖母，大家大為震驚，忽然認識了一種新的美，居然還抬了他的畫在街上遊行呢。

希瑪布畫的聖母的故事

喬多

如果這個世界上沒有喬多，我們就不知道有個希瑪布。如果這個世界上沒有希瑪布，我們也就不知道有個喬多。

喬多（Giotto di Bondone, 1266-1337）是個窮小孩，他住在意大利翡冷翠的郊外。對於翡冷翠城，他是一點也不知道的，他不知道意大利是地中海最強的國家，他不知道羅馬的君王有多麼了不起的權力，他也不知道因為他的國家很強，許多的商人都到翡冷翠來做生意，人多起來了，交通方便了，文化也發達了，宗教也盛行了，教堂也林立了，繪畫也蓬勃了。這些，喬多都是不知道的。他不過是一個看羊的窮小孩，每天在郊外放羊，數着羊的數目，不會多，卻不能少。他唯一的娛樂就是拾一些彩色的石塊，在岩石上塗塗東西而已。他塗得最多的就是羊，大羊，小羊，那些羊，因為是他熟悉的，他總能夠塗得很生動。

這天，當喬多又在畫羊的時候，他身邊多了一個人，正是從翡冷翠走出來散步的希瑪布，這位畫家覺得喬多原來是個「大自然可愛的孩子」，他的畫也令他驚訝，所以，他帶了喬多回翡冷翠，教他繪畫，並且讓他參與自己的繪畫工作。

喬多果然是個大自然可愛的孩子，他的畫，不久就表現出自己的風格來了。和老師一樣，他也是在畫中滲入了人的情感的，而且，他畫的人物，總是那麼高貴、那麼嚴肅。他喜歡用深沉的背景來襯托畫中的人物，那些人，表面上很寧靜，但是，多看一下，就可以感到內裏充滿了聲音，平民百姓的聲音。

從喬多，我們重新發現西方的古典，我們發現羅馬式的傳統，發現它建築的韻味，我們也一直以喬多來比喻文學上的但丁。

拜占庭那種呆板的鑲嵌畫風在喬多的畫中是沒有痕跡的，但開展了一個偉大的時代，那個時代叫「文藝復興」。

喬多《猶太之吻》

喬多《聖法蘭西斯和鳥談話》

杜西奧

在十三世紀，意大利還不是一個統一的國家，卻有許多著名的城市，例如翡冷翠、威尼斯、羅馬，那是早期的文藝復興；到了後來，可要加上米蘭，因為有列奧納多．達文西的《最後的晚餐》。但初期，要是提起繪畫，羅馬和威尼斯都沒有份，那時候，只有二個地方是畫城，那是翡冷翠（這是徐志摩的翻譯，英語一般譯作佛羅倫斯）和錫耶納。

希瑪布和喬多兩人都是翡冷翠的畫家。而在錫耶納，十三世紀的錫耶納，就是杜西奧（Duccio Di Buoninsegna, 1260-1319；簡稱 Duccio，或譯杜奇奧）的半個天下。他創立了錫耶納畫派（Sienese School）。

只要一提起杜西奧的名字，許多人便會想起希瑪布來，因為希瑪布畫過一幅《聖母與聖嬰》，聖母坐在中間抱着聖嬰，旁邊圍着八個天使。而杜西奧，他也畫了一幅《莊嚴聖母》，也是聖母手抱聖嬰坐着，畫中的聖母和聖嬰的服裝姿勢都和希瑪布畫的非常相似，如果不是仔細分辨，大家便會把二人的作品混淆了。而大家能夠分出來，也只因為杜西奧的那幅圖中只畫了六個天使。

杜西奧的畫，也是脫胎自拜占庭畫風的。他的畫唯一的特色便是喜歡用金色做背景，而且又常常替畫中的衣服描上金邊。因此，有時候，這反而成為杜西奧的缺點，那些金邊太過於裝飾性、過於華麗，而消失了自然的精神。也由於這樣，大家認為杜西奧還是很拜占庭式的，只能贏得半個錫耶納城的天下。

希瑪布筆下的人物是堅固的，杜西奧卻喜歡用很輕盈的筆觸去描繪。他最初的畫，就是出現在錫耶納天主教堂裏面的一幅玻璃畫《聖母與三名跪拜的法蘭西斯信徒》。後來，在一三〇八年，錫耶納城的人請他為教堂繪畫，他才畫了一幅巨作 *Maestà*，到一三一一年九月才完成。從此，他也被人當作希瑪布一般看待了。*Maestà* 原意是宏偉、輝煌，大多是聖母聖嬰，加上天使、信眾的繪畫。

杜西奧的畫是受到別人的影響的，直接影響他的是雕刻家 Nicola Pisano。至於他是否到過阿西西（Assisi）和希瑪布一起，就沒有人知道了。

《聖母與三名跪拜的法蘭西斯信徒》

杜西奧的 *Maestà*

西蒙尼

杜西奧佔了錫耶納城畫名的半個天下，剩下來的另一半，就由另外三個大畫家瓜分了。其中的一個，叫做西蒙尼（Simone Martini, 1284-1344）。

西蒙尼，真是一個陌生的名字，但有兩件事，可以幫助我們很容易記得他。

一、凡是記得杜西奧的，就會記得希瑪布，因為他們的畫很相似；而西蒙尼，記得喬多的話，也就會記得他的，因為他們二個人的畫也很相似。

二、但丁曾經歌頌過喬多，佩脫拉克（Francesco Petrarch，意大利作家，與《十日譚》作者薄卡邱齊名）卻寫過二首十四行詩給西蒙尼。

當然，西蒙尼也和其他的十三世紀意大利畫家一般，少不了要畫很多聖母聖嬰的圖畫，不過，他在他們中間是相當寫實的，他居然細意地描寫過一群音樂家，這就使他有點「個性」起來。

看喬多的畫，我們可以感到雕刻一般的石質感，好像石頭裏面有聲音；而西蒙尼，他的畫卻近於肖像畫。他初期的畫，頗近杜西奧，因為他也喜歡裝飾他的畫，塗上金色，後來才比較淡化。

從西蒙尼開始，意大利的畫風轉向哥特式（這個名詞的解釋以後會再提起）已經有了明顯的痕跡。西蒙尼是喜歡旅行的，一三一七年他去那不勒斯畫聖路易，一三三〇年卻又到阿西西，裝飾聖馬丁教堂。在附近，就有喬多的作品。因此，人們到了阿西西，便自然地以西蒙尼的畫和喬多的畫作比較了。一三三三年，西蒙尼又回到錫耶納，作了最出名的《天使報訊》，成為錫耶納畫派的經典之作。聖母裏在藍衣中羞懼地迴避，白衣的天使加上一瓶百合花，襯上金色的背景，便是那幅令人不易遺忘的名作。

一三三九年，西蒙尼在阿維農結識了佩脫拉克，替佩脫拉克的情詩主角羅拉畫了肖像，又替佩脫拉克的維吉爾詩繪畫插圖，使他的畫名更見不朽。

西蒙尼，是他使錫耶納畫派和哥特式畫聯盟起來的。

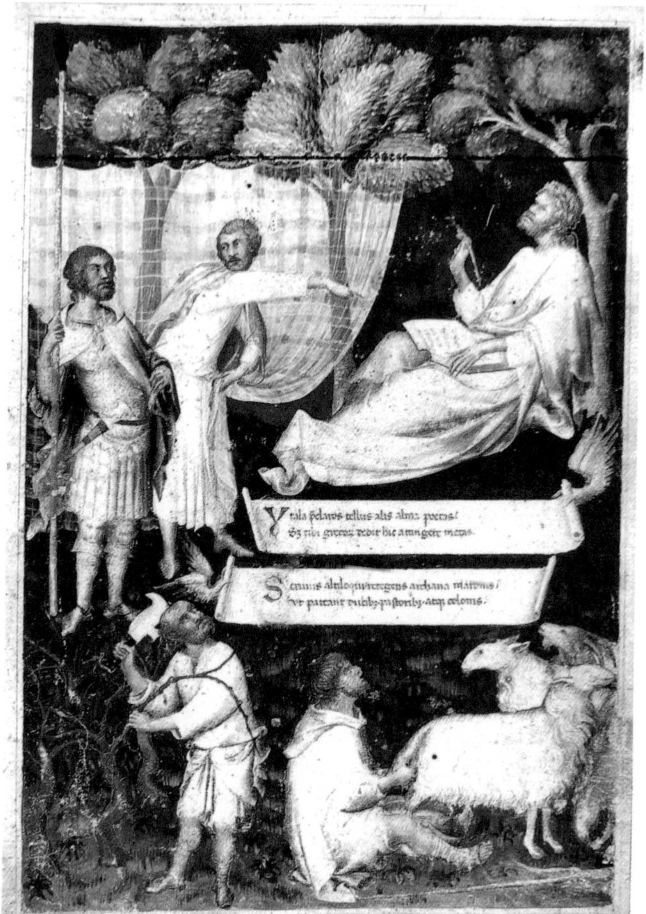

西蒙尼繪插圖

彼得羅

到了十五世紀的時候，人們忽然發現西蒙尼是個重要的畫家，當錫耶納的藝術被人掛在口邊談論，那時候，西蒙尼早死了。

西蒙尼活着的時候，他很知道，他並不是最了不起的畫家，因為在他生活的地方還有一位彼得羅。彼得羅的畫，和西蒙尼是完全不同的。

彼得羅（Pietro Lorenzetti, 1280-1348；或稱 Pietro Laurati）在繪畫史上只佔很小的地方，這並不是說他不重要，而是因為他很倒霉。彼得羅的生平我們知道的極有限，他的畫、他的工作我們知道得極少，這，都是由於十四世紀中那一場黑死病造成的結果。瘟疫使歐洲成為一個癱瘓的城市，畫家也在傳染病的陰影下失蹤了。

彼得羅的畫很富翡冷翠的風味，不像是錫耶納的特產，大部分又是承受了喬多的影響。所以，我們一直深信他最初是在翡冷翠學畫的，但後來終生住在錫耶納，除了有時偶然上一次阿西西，替教堂畫一兩幅壁畫。他最著名的壁畫是《釘十字架》，這畫充滿了人物和動作，還有飛翔的天使，畫面仔細地描述一兵一卒，是他後期的作品。

錫耶納風的畫以抒情的居多，人物線條柔和，但彼得羅的畫中出現了「力」，給我們一種硬的感覺。這種硬不是生硬的硬，而是一種堅固的質感，尤其是畫中人物的位置，對稱得絕對工整，表現出畫家對構圖獨具慧眼。

在彼得羅這個姓氏 Lorenzetti 之下，我們立刻找到了另一個畫家，Ambrogio Lorenzetti，安布羅喬。他是誰？他就是錫耶納城畫家中最後三分天下的一個，他是彼得羅的弟弟。所有關於彼得羅的消息，都是從他這個弟弟得來的。事實上，安布羅喬在當時的錫耶納，的確比哥哥更出名。現在，我們要記住十三世紀的：

翡冷翠畫家——是希瑪布、喬多兩人。

錫耶納畫家——是杜西奧、西蒙尼、彼得羅和安布羅喬四個。

彼得羅《釘十字架》

安布羅喬

彼得羅的弟弟安布羅喬（Ambrogio Lorenzetti, 1290-1348；或稱 Ambrogio Laurati；全名安布羅喬．洛倫澤蒂）的畫，和他的哥哥的風格完全不同。連在當時的地位也不同。他的個性是複雜的，他不但是當時錫耶納的名畫家，還是錫耶納市政局的成員，所以，他可以算是一名貴族畫家。

在繪畫方面，他一方面從東方的主題上吸得靈感，又把羅馬的徽章等東西詳細研究了一番，應用到自己的畫上。他最幸運的便是，意大利剛好掘出了一批古代希臘摧毀了的雕像，那批純美之作擦亮了他的眼光，隨即從事於描繪古代雕像中蘊藏的美的精神。由這個時候起，畫家們便開始在復興一種希臘曾經創立過的雕像之美，這就是文藝復興的曙光。

安布羅喬和其他的畫家最顯著的不同，乃是他除了畫大幅的壁畫、畫人物之外，還畫風景。他把自己眼中的城市像畫地圖那樣地把屋子、山脈河流都繪在紙上。當然，他畫的所謂「地圖」完全是不準確的、不科學的，但也因此，「地圖」成為藝術，色彩美麗，其中的樓宇使人認識到那就是他們居住的地方。這就像近年西方的詩人，重新發現自己的生活。

以前的畫家從沒嘗試過純粹風景的描繪，因此，安布羅喬便是畫史上第一個純粹設計風景畫的人。

畫風景不是像大壁畫一般畫在牆上的，而是繪在一些家具上作裝飾用。我們要分辨十三世紀時翡冷翠和錫耶納的畫的不同，最容易的方法便是看圖中的裝飾。錫耶納的畫多數是在表現他們生活的都市中的文化，室內地面上砌着磚，服裝上多姿多采地描上邊，而翡冷翠卻比較樸實。安布羅喬是在翡冷翠開始學畫的。他一直自己作畫，只有和哥哥合繪過一幅壁畫，可是已失傳。他青年時的作品現在都失傳了，留下的都是他後期的作品，包括了一連串的《聖母》。其中最著名的是壁畫《好政府與壞政府的寓言》，這畫畫滿了人物，相互連在一起，中間放着古代的人物「和平」。他是政府官員，這很難得。

洛倫澤蒂兄弟倆的畫在整個畫史上未必很重要，因為整個錫耶納畫派也只是一個小小的支流，但是他倆點綴了錫耶納的光輝，對這個地方無可取代而別有意義。

安布羅喬《好政府的管理》

安布羅喬《好政府與壞政府的寓言》

倒三角形的紅頭巾

我告訴過你：畫三角形時不要把頂端掉轉向下，當我這樣說時，是因為我把三角形尖角向下的壞處都告訴你了。那就是：不夠穩定啦，像要掉下來啦，像有個傻瓜把金字塔倒轉來砌啦，等等。可是，現在，我卻要你偏偏把三角形頂點朝下放，偏偏把三角來個 upside down。這一來不是會很糟了嗎？那就要看你的本領了。如果你有像畫家凡．艾克（Jan Van Eyck, 1385-1441）的本領，就一點也糟不起來。

這裏是一幅尼德蘭畫家揚．凡．艾克畫的《裹紅頭巾的男人》。別把那人當作是個老婦人，那人是男人。這幅畫一點也不特別，除了那奪目的紅頭巾，不過要是你一看圖解，你就看出來了。凡．艾克真是藝高人膽大，他居然把畫家們常用的三角形倒轉過來了，他居然把畫家們都不敢、都沒膽量做的掉轉三角形頂點的事做了起來。你看，圖中那個男人，他的下巴是尖的，他的頭上的布是橫的，於是他的臉就成了個上闊下尖。唉，這樣的畫法就是不依規則，就是不照畫論，就是標奇立異，就是叛逆？甚至凡．艾克這個畫家乾脆就是頑皮。有甚麼不好畫，偏要把三角形倒轉畫呢？

可是，我們且來認識凡．艾克的偉大吧。他公然打破了傳統的束縛，而創新了。在那些日子裏，在那群畫家中，他是個多麼「現代」的畫家；多麼有思想、有創作力的藝術家。是的，沒有人敢把三角形倒轉來畫，但凡．艾克做到了，而且他利用了另一個三角形來支持倒轉的三角形，以致使它不至於傾倒。那塊頭巾，他是畫得那麼細緻、那麼活，就把我們的視線拉了上去，因此，就沒有人注意那個尖尖的下巴和領口。

還有，你看得見那畫中人的肩嗎？不。凡．艾克把肩隱入黑暗的背景去，很明顯地不畫出來，他是要看的人自己想出來，因為每個人都知道人是有肩的。你自自然然可以替那幅圖想出肩來。而我們所想像的也應該是個三角形，把上面的重量支持住了。

只要有本領，真本領，規則是可以打破的。如果你有本領，你才談得上反叛。凡．艾克畫過許多出色的畫，證明他是有真本領的。他這一次是在反叛，但他並沒有破壞（完全捨舊），而是重整（局部建新）。

總括：

一、規則是給我們在學習的時候遵守的。我們在「入」之時一定要遵守規則。

二、當我們「入而後出」，獨立創造的時候，就不妨打破成規。可是不能為反叛而反叛，要有反叛的道理和真本領，不能胡來。

凡·艾克《裹紅頭巾的男人》

畫作以倒三角形和三角形構成，在當時是不依規則、破格的手法。

小鎮塔斯康

風景這東西是早期的畫中最不受重視的。古代的畫家喜歡畫動物、畫動態。在他們的心目中，風景是死物、是死態。大家都不畫風景，也沒有一個人古怪得寧願畫一個蘋果。

每一幅畫中都是有「物」的，不是人，便是牛馬狗豬，不是人牛馬狗豬便是上帝耶穌，沒有人打算畫純純粹粹的風景，就算畫，也最多像埃及人那樣，把樹畫在人頭上，或者像希臘人那樣，把河流畫得好遠好遠，畫裏面還是少不得人人人人人人。

不過，安布羅喬是個大叛徒，他畫了一幅全沒有人的風景，説它是風景實在是不大叫人滿意的，看看那幅叫做《塔斯康鎮》的畫吧，這哪裏是風景，簡直就是一幅「地圖」嘛。旁邊是黑麻麻的海，海上飄了艘雙帆迎風的商船，海水是一條條波紋的。岸上就是一個市鎮，團團轉地被牆圍着，然後是一些碉堡，然後是一些樓房，然後是一些尖頂。畫的右邊還忠忠實實地畫了三株獨立的肥樹。這實在不能叫人「一見傾心」，不過，當時並沒有人作這樣的嘗試，安布羅喬便是畫史上第一個畫風景畫的人。

塔斯康是意大利的一個小鎮，在錫耶納，是一個山城。畫是在一三四〇年完成的，現在藏在錫耶納畫廊。仔細看看這畫吧，實在說，這畫的「角度」可叫人驚嘆。試想想，當時哪有飛機，而這畫卻是一幅「鳥瞰」式的筆觸，城是位於山頂的，但我們看不見天空，我們自己就處於天空的位置，俯視下去，看得見白了的一大片斜坡。

這幅畫是完整的一幅，並不是從一幅大畫中截取的部分。安布羅喬為甚麼會忽然畫這樣的「畫」呢？原來他自己是錫耶納市政局的長官，身為長官，他當然非常重視自己治理的地方了。看這畫又叫人覺得這城是一座鬼城，既沒人又沒生氣，不過，到了安布羅喬這時代，畫家已經能夠把物象獨立劃分起來了，像這樣的畫，豈不有點超現實的味道？令人胡思亂想，想起老布勒哲爾一五六三年的《巴別塔》，但已晚了二百多年。至於英國的透納（William Turner）的風景，更遠了，要等到十九世紀，再然後才是印象派莫奈他們。

安布羅喬《塔斯康鎮》

老布勒哲爾《巴別塔》

動力、解剖、風景

文藝復興最注重表現人的精神，翡冷翠這個城一點一點就把人的精神畫出來了。自從喬多、馬沙西奧死後，翡冷翠的畫正在一步一步地向前走，這時，有三個著名的小畫家，他們的畫的特色是其中表現出動力、解剖和風景。最後的一位更剛好是列奥納多·達文西的老師。

卡斯坦諾（Andrea del Castagno, 1419-1457）畫的《大衛與巨人》是很能代表這個時期的風格的。看，大衛整個人都充滿了動力，他的衣服在飄，頭髮在飛舞，畫面活得很。至於解剖，我們只要看看畫中人手和腳的肌肉是畫得多麼恰到好處就可以明白。巨人的頭則在他的腳下。大衛後面是藍色的海，有樹，有石，可見風景在那個時候已經很重要了。

布拉奧羅（Antonio Pollaiuolo 和 Piero Pollaiuolo：Antonio 1429/1433-1498；

Piero, 1443-1496）。他們是兩兄弟，但大家都習慣把他們當作一個畫家辦。兄弟畫的《聖西伯斯坦的殉道》，也是充滿了動力、解剖和風景的。看那些射箭的人，各有各的動作，各有各的姿態，這是動力。他們的人體也是每一層肌肉都被動力解剖出來了，尤其是正中兩個人，混身都是力。布拉奧羅兄弟所以在力方面畫得那麼成功，這是因為這兩人曾一心致力於研究解剖學，他們自己就曾經解剖過不少的屍體，所以才畫出那麼有力的人體。後來米開蘭基羅也是這樣。這幅畫背後的風景也有很多的，有建築，有山有樹，有小河有遠丘，附近還有騎馬的人。我們還記得喬多嗎？他對花草樹木都畫得很吝嗇，可是現在，後一代的畫家們替他填補了他的缺失。

維羅支奧（Andrea del Verrocchio, 1435-1488）也是一個以動力、解剖和風景出色的畫家。《基督受洗》正是一個例子。你見過基督有過這麼一個人的軀體而不是神的軀體麼？你見到聖約翰的頸際有骨頭的感覺麼？這都是解剖的成功。畫中的手指又充滿了骨頭，活生生的，有點像骷髏骨，但這才是人的。這幅畫有一條河，河水漫着的腳是折射了的，畫面很靜，但動力依然不減。至於風景，畫中也是有山有水，有時，還有鳥。這幅畫叫我們注意的還有頭髮，頭髮都是鬈曲的，將來我們在列奧納多的畫中可以看到。

告訴大家，維羅支奧就是列奧納多．達文西的老師。當然後來學生比老師畫得更好。這幅畫中的一個天使，就是達文西替老師畫的。據說當時維羅支奧一見畫得這麼好，立刻放下畫筆，專心去雕刻，不再畫畫了。他畫的《最後晚餐》也很精彩。

卡斯坦諾《大衛與巨人》

維羅支奧《最後晚餐》

維羅支奧《基督受洗》

文藝復興之城

十五世紀時期，意大利人習慣把當時的藝術分為三類：

一、中世紀的，這就是指中間的一段世紀，所謂中間就是十五世紀不文明之前，希臘羅馬光輝之後。稱為「中世紀」的作品在他們來說並不是了不起的傑作，因為大家都忙着打仗，把很可愛的希臘啦羅馬啦的牆壁轟了下來，又把雕像都擠進了泥土。至於畫根本沒有太多人想到畫，因為做畫家沒有甚麼好處，也沒有從事「藝術」這麼一回事，大家只喜歡做騎士，做做艾文豪，做做羅賓漢。那時的畫不精彩，只有僧侶才有空在書上一筆一筆地去寫有花紋的大字，替耶穌的衣服鑲上花邊。

二、哥特的（Gothic），這就是指意大利以外的藝術。不管是法國、英國、德國、比利時、荷蘭，只要不是意大利的畫，他們就叫哥特式，從建築到繪畫，都是野蠻人的、不文明的東西。也不管人家到底好不好、有沒有價值，他們就是一個勁兒的不喜歡。哥特式藝術最早是日耳曼人從東方帶來。

三、文藝復興的。甚麼叫「文藝復興」？文藝復興（Renaissance）是法文，意思是再生（rebirth），指的是發生在歐洲在十五至十六世紀間的一個文化運動。它最先在法國出現，在意大利的翡冷翠開花，再傳播到整個歐洲。表面是指再生古希臘古羅馬的藝術，但絕對不是原樣複製，更多的是新變革，尤其在於繪畫和建築方面。文藝復興又有所謂文藝復興人，那是指這時期出現許多多才多藝的人，例如喬多，會繪畫，又會建築，連年輕的拉斐爾，也是工程師，列奧納多更不用說了。

意大利在繼承古代藝術之餘，就是喜歡創新。他們忽然喜歡起「文藝復興」，是有背景的，因為世界變了，世界變得又大又可愛，以前住在鄉下替貴族或僧侶們種地的窮人，現在都跑到城市裏來做生意了；賺了錢，神父也得益。以前以為神就是神的人，現在忽然想到人是人的道理；以前以為意大利很大很了不起的人現在知道靴子外面還有許多新大陸。他們現在對動物、植物、人類都好奇了起來。他們的腦袋好像一下子給人鑿開了，問題多了起來，懷疑也全堆在眼前。印刷術發明了，語言傳播了，思想散開了，地圖上多了許多小點，航海的哥倫布到達美洲旁邊的聖薩爾瓦多島，藝術家也開始新的探險了。

在繪畫方面，繪畫只是隨着潮流走，也不知道到底誰帶着誰走，總之你也推我也推，古希臘和古羅馬調協起來，許許多多的東西融合，而基督教在西歐大獲全勝。意大利是文藝復興時期繪畫的中心。在北歐，這個時期是哥特畫的後期，也就是文藝復興的曙光初露時期。德國的文藝復興，稍後由丟勒（Albrecht Dürer, 1471-1528）帶來。意大利這時期真輝煌哩，提起它的畫，就要提起七個大城的名字。這七個城也是要一個一個地分開來說的，因為那時候意大利還不是一個統一的國家。這七個城，有大有小，出現許多傑出的畫家、傑出的建築師，都是文藝復興的支柱：

羅馬（Rome），壁畫、雕塑，傑作太多太多。

翡冷翠（這是徐志摩從意大利語 Firenze 音譯而來；一般作佛羅倫斯，那是英語Florence的音譯。翡冷翠，不是充滿詩趣嗎？畫家都要跑到那裏去啦。）

錫耶納（Siena），繪畫另成一派。

烏比諾（Urbino），拉斐爾在此出生。

米蘭（Milan），收藏了列奧納多·達文西的《最後的晚餐》。

法拉拉（Ferrara），美麗的城堡，大家族贊助繪畫、建築。

威尼斯（Venice），有貝林尼兄弟，見〈威尼斯城主〉篇。

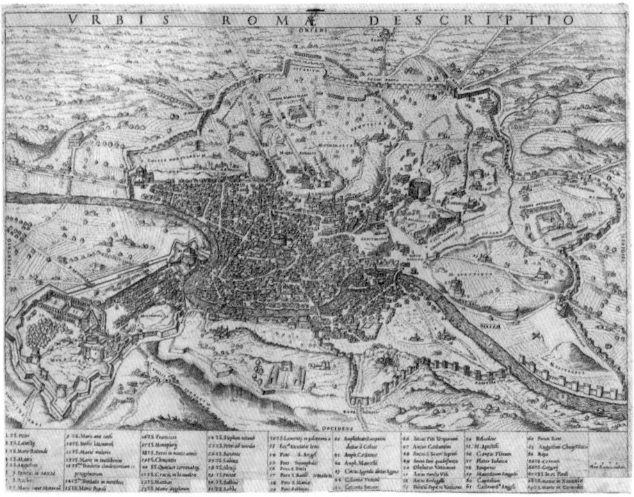

五百年前的羅馬地圖（Mario Cartaro 作）

錫耶納（網上圖片）

翡冷翠（左邊為喬多設計的鐘樓）（網上圖片）

威尼斯（網上圖片）

喬多之後

喬多死後，意大利的畫雖然是十分蓬勃，但要找一個像喬多那樣的畫家，在以後的幾十年中再找不到了，直到所謂文藝復興的「三傑」出來。暫時，歐洲可並不是只有意大利的畫才出名，比較北部一些的國家也有很第一流的畫家，但是意大利的人不喜歡他們，一看見那些畫就說是哥特的。哥特也有譯作哥德，不過恐怕會跟德國文學家哥德（寫《浮士德》的哥德）混淆了。當他們說那些畫是哥特的，也並不是稱讚那些畫，而是看不起那些畫、討厭那些畫。原來，意大利人很自傲，他們曾經一直是歐洲的主人，羅馬的威名在上古時代響得很。後來，羅馬帝國衰亡了，就在公元三七八年的時候，匈奴人打仗很厲害，征服了里海北方的民族，又一直打到日耳曼民族那裏去。

所謂日耳曼民族，是現在的德國人的祖先，那時的日耳曼民族中有一支，就叫哥特人（Goths），分為東西兩部分。東哥特人打不過匈奴，就投降了；西哥特人呢，懇求羅馬皇帝讓他們渡過多瑙河，逃跑到南方來，就住在羅馬帝國境內。誰知道後來又和羅馬的官兵吵了架，打了起來，居然打敗了羅馬人，還把人家的皇帝殺死了，後來羅馬帝國滅亡，就是因為這批哥特人在境內生過事。

因此，意大利人最討厭哥特人，就把那些他們不喜歡的東西叫做哥特的。當然我們不管誰打誰，不幫意大利也不幫哥特。仗不會永久打下去的，是非也有不同的向度。到了現在，我們提起藝術，還是會用「哥特式」這個字眼的，只是意義就不是和當時意大利人的一樣了。我們在講「哥特式」，是指藝術上的形式，尤其是喜歡用在建築物上，像哥特式建築的教堂啦、羅馬式（Romanesque）建築的教堂啦之類，是各有特點，沒有高下之別。哥特式教堂的頂尖，往往直向天空衝上去，是錯落的直的形式；羅馬式教堂則走水平線，是橫的教堂，頂較圓，穩實。在繪畫上我們把哥特式和羅馬式的分別開來就是：哥特較北方性，氣質上有氣派，粗獷，複雜，一如雞尾酒，對藝術的處理好像情人一般熱情。而羅馬的就比較南方性，有希臘的廣闊和單純，帶點原野味，處理藝術像科學家的態度，又像拜占庭的藝術，是啤酒而非雞尾酒。

總括一下，在十四世紀時，繪畫方面分開兩條主流，一條是北方的哥特式，在法蘭德斯（現在比利時）一帶，包括荷蘭等地；另一條是以意大利為主的初期文藝復興。北歐早期的繪畫其實已經很了不起，這裏有兩幅繪畫哀悼耶穌入墓，一位是韋登（Rogier Van der Weyden, 1399/1400-1464），另一位是鮑茨（Dieric Bouts, 1415-1475），比意大利人早期文藝復興的畫只有過之而無不及，而且自然得多，構圖跟意大利的又是否不同？

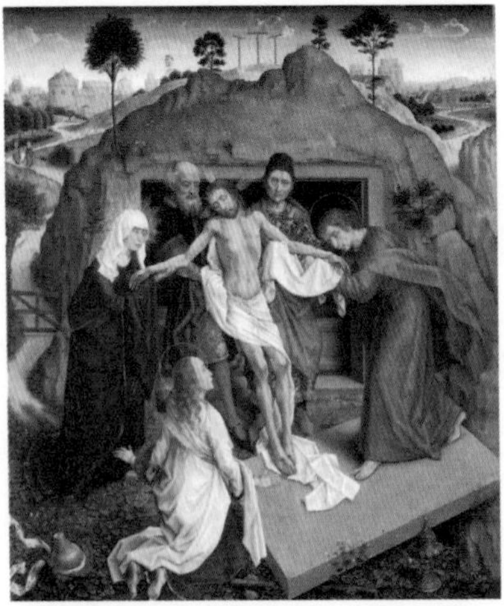

韋登筆下的耶穌入墓

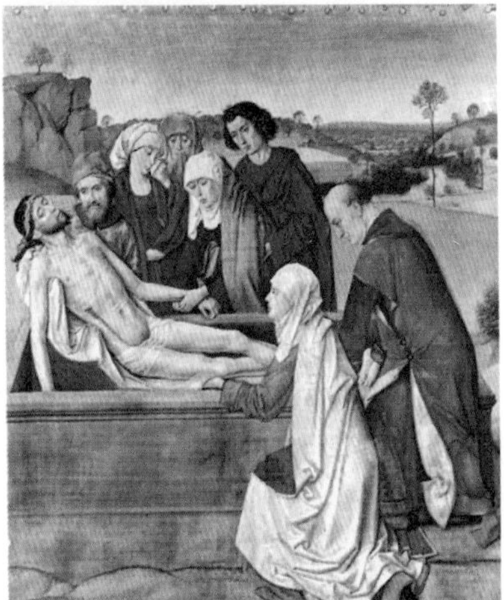

鮑茨筆下的耶穌入墓

女孩子氣

不知道你還記不記得翡冷翠，記不記得錫耶納。很久以前的上次了，我們講文藝復興的城市，說意大利的繪畫像一條大河，這條河是由七條支流合起來的。其中主要的是翡冷翠，另外一條就叫錫耶納，還有其他，也就無暇照顧了。

錫耶納的一條河流呀流，上游有過頂頂威風的杜西奧，差一點威風的西蒙尼，和不那麼威風的洛倫澤蒂兄弟。於是錫耶納流下來，流到了最後的那幾個人。現在就看看最後那幾個人的畫。

從圖一、二、三，大家看到有甚麼相似的東西沒有？對了，就是三幅畫都是很漂亮的。說它們漂亮，是指畫裏面的衣服的花樣啦、袍子上的花紋啦，等等。薩賽達（Sassetta, 1392-1450）畫的《聖法蘭西斯否認塵世之父》本來是在講故事，就說聖法蘭西斯決定獻身給教會，所以要脫掉衣服，赤身走到主教那裏，於是主教用袍裹着他。他的父親就在外邊怒氣沖沖地罵，朋友們在旁邊勸呀勸。一幅講故事的畫，本來故事講出來就算了，但是薩賽達卻千小心萬小心地去畫主教的帽子和衣服的花邊，畫柱和牆上的花紋，他偏要把畫弄得漂漂亮亮。

法朗西斯科（Francesco di Giorgio, 1439-1501）畫的《聖陶樂菲與基督》也是，整幅畫看上去活像人家的刺繡，彷彿全是花邊。基督又十足像個女孩子，長髮，居然拿了花籃。

至於納羅西奧（Neroccio de' Landi, 1447-1500）呢？他畫的《聖母、聖嬰、聖西斯蒙和聖安東尼》（也不知道為甚麼這些名字會這麼長），啊啊，又是花花綠綠的。聖西斯蒙那件衣服上點點全是花，他站的那地板又全是七彩的磚塊。這些人畫的畫原來都很注重裝飾，他們就像女孩子，溫溫柔柔，細細緻緻，所以，一點男孩子的粗豪的氣概都沒了。也所以，這些溫溫柔柔細細緻緻的畫被很男子氣的翡冷翠畫風一沖就給沖了個無影無蹤，偶然才可以在大河中叮咚兩下，又沉下水去。

曾經很威風的大畫家杜西奧當然很難過，錫耶納的畫是由他創出風格來的，但是，誰叫他那麼注重裝飾呢？那麼工工整整、整整齊齊的畫，就叫人又想起做算術了。而且，和北歐的韋登、鮑茨相比，差得遠了。不過，還好，並不是整個意大利都是錫耶納，意大利還有翡冷翠，還有其他。

圖一：薩賽達《聖法蘭西斯否認塵世之父》

圖二：法朗西斯科《聖陶樂菲與基督》

圖三：納羅西奧《聖母、聖嬰、聖西斯蒙和聖安東尼》

男孩子氣

馬沙西奧（Masaccio, 1401-1428），文藝復興嫡系主流。他二十七歲就逝世了。

馬沙西奧這個人真可愛。當錫耶納那群人正在賣弄他們的城市奢華，畫畫畫得像個孩子那般花枝招展時，馬沙西奧就跑來。他跑來畫了很多男孩子氣概的畫。

你看他的《逐出伊甸園》是不是很有力很男孩子氣呢？錫耶納那些畫家就不會畫這樣的畫。馬沙西奧才畫得好哩，不但畫面切得那麼狹長可愛，人物都畫得那麼大，彷彿人是最重要的，人才是一切的樣子。馬沙西奧也可算是大膽了，十五世紀的時候，神還是頂重要的，他居然把人畫得那麼大，把天使畫得那麼小。這，原來就是他了不起的地方，因為所謂文藝復興就是要復興古希臘古羅馬時代的那些以人為中心、活生生的雕像的精神。現在，畫中的人不是很有「人氣」，不是活生生的麼？光線在這幅畫中也很強烈，天使在頭上飛，拿了劍驅趕亞當和夏娃，亞當羞恥地掩着臉，夏娃則痛苦地號叫，在他倆的背後，彷彿有力在趕他們，而不是來自天使的力。

另一幅也是多有力的作品呀，看上去，像極了第昔加最喜歡用來做題材的意大利窮巷。你一看就會說，這是寫實。馬沙西奧真好，他畫的是《聖彼得以影子治病》。他的畫以力和樸實為主，那些樓宇絕沒有甚麼花款，人物的衣服也是簡簡單單的，聖彼得站在正中，他的影子投在地上、牆上，似要蓋着有信仰的病人。整幅畫就是一種力的呈現，一個人，每一件實物都那麼堅實，都穩固得像希臘的雕刻，但它們是活生生的。

馬沙西奧不是錫耶納的，他是翡冷翠的，他在一四〇一年降生於翡冷翠。以前的翡冷翠，有喬多。馬沙西奧的畫承繼了喬多的畫風，這一派的畫，成了文藝復興的嫡系主流，以後，大家就在米開蘭基羅的畫中找到這一條血脈。一定要告訴大家，馬沙西奧二十七歲就死了，風華蓬勃的年紀，如果他可以活到七十二歲，他會是我們的另一個米開蘭基羅。

《逐出伊甸園》

《聖彼得以影子治病》

愛哭的天使畫家

翡冷翠的安琪里柯是一個很虔誠的僧人，一個一邊畫畫一邊哭泣的畫家。

你見過有人畫畫畫得哭起來的沒有？我沒見過。而且畫家在這個世界上是很少哭的，世界上多的是喜歡發脾氣的畫家、頹廢的畫家，很少有愛哭的畫家。但是，安琪里柯（Fra Angelico, 1395-1455）卻是個愛哭的畫家。羅塞蒂（Rossetti）說：他經過熱切的祈禱才作畫，畫耶穌受難時哭了。

當馬沙西奧廿七歲就死掉，這時，幸好翡冷翠有個安琪里柯在，他本來是個修士，但為了想把神的故事告訴大家聽，就努力學繪畫。結果，他受了點馬沙西奧的影響，在畫中也表現了可愛的人的味道來。不過安琪里柯專注的還是神，不是人，他的畫宗教味濃，脫不了染上點錫耶納的風氣，這一來，他居然變作了一條小小的橋了，把錫耶納的美，和翡冷翠原有的純貫通在一起。

安琪里柯是很虔誠的，他在畫畫時常常祈禱，畫到基督便哭了，而他所有的畫，都是有關基督的。他是那麼的一個篤信的僧人，所以大家給他起了一個別號，稱他為「天使的兄弟」，法拉．安琪里柯就是天使的兄弟的意思。

意大利的畫家多半是有別號的，他們的真名反而沒甚麼人知道，像馬沙西奧，也不是畫家本來的名字，馬沙西奧其實是指粗糙巨大簡潔的意思，這是因為畫家的畫風而得名的。

從安琪里柯的畫中看，大家會覺得他的理想國可以容納塵世的人。他畫中的世界都是超現實的，但人物卻是人間的，像《殉道》，那些殉道者被綁在中間被火焚燒，安琪里柯用了全白的石牆做背景，那一大片空白用得很大膽，很容易叫我們想起近代的奇里訶的畫。此外，安琪里柯在運用色彩上對比得很強烈，常常以紅藍為主。

《受刑》那幅也很能表現安琪里柯的風格，畫中不但有錫耶納風格（滿地的花草等裝飾），有翡冷翠的氣概（人物很真實），整幅畫還很有層次，受刑的人畫在內層，行刑的人畫在外層，看上去人物雖然多，但層次分明，近的人物大，遠的人物小，這說明，科學也已經走進畫中了。

《殉道》

《受刑》

紅田藍馬

十五世紀翡冷翠的猶西羅（Uccello, 1397-1475）喜歡畫打仗、喜歡畫鳥，懂得遠景、近景、大特寫的分別，又會把馬畫成藍的、田畫成紅的，把顏色用得非常的超現實。

翡冷翠這個城，出的畫家是很怪的。這個城的畫家不像錫耶納。那個城的畫家大多是一模一樣，畫出來的畫像塑膠廠製出來的洋娃娃，一個型的。翡冷翠的畫家就不了，各人有各人的風格，而且大家都有一套本領，所以誰也沒給誰比下去。

猶西羅本來的名字叫波里．唐尼，就是翡冷翠的怪傑之一。他和馬沙西奧、安琪里柯都不同。題材不同，連眼光也不同。

猶西羅喜歡畫打仗，不喜歡畫聖母耶穌，而且，他最愛畫馬，幾乎每幅畫都少不了馬。他在圖一、圖二兩幅畫裏面就大大地在止中畫了一匹馬，白色，其他的，各種顏色都有。馬的姿態又老是躍起，伸起了前足。從這兩幅畫中，我們還可以看到猶西羅畫畫的特色，他處理人物彷彿懂得「近景遠景大特寫」這類東西，他還會研究透視的消失點。他會把近的人畫得大，遠的人畫得小，在以前，畫畫是沒這麼科學化的，一般把人物畫得大是因為那個人很重要，就算站得老遠，也比前面的人體型大。《聖羅馬諾之戰》的遠山上有許多人，但是看上去很小。《聖佐治與龍》的景物也是，越遠的越小，線條十分清楚，前面的聖佐治、少女和龍都畫得特別大。對於這種科學化的畫法，猶西羅是最了不起的，他平日就老在鑽研這方面，所以自成一家了。傳說因為有龍作惡，人們要用活人獻祭，這一次做祭品的是公主，聖佐治知道了，決定屠龍。有趣的是，馬是白色的，龍是綠色，對比很強烈。公主呢，神態自若，牽着條帶，像蹓狗似的。

猶西羅用的色彩也和別的畫家有很大的不同。他和其他翡冷翠的朋友一般喜歡漂亮，喜歡紅紅藍藍，但是，他用得很「表現」、很超現實，他常常畫一些藍色的馬，畫一些紅色的田，如果我們說馬蒂斯這傢伙很現代、很野獸，猶西羅在那時實在早已很新潮派了。

稍後，列奧納多．達文西這伙人很喜歡在畫畫時研究人體解剖、比例、透視這些東西，他們事實上都受了點猶西羅的影響。馬沙西奧在廿七歲就死了，猶西羅則在廿八歲才開始做鑲嵌畫的學徒，畫了二十年才成名，總算幫了一下安琪里柯的忙，把翡冷翠畫派的重擔放在自己的肩上。而且他也是一座小小的橋，連貫了一點馬沙西奧的自然主義和他自己的科學。

圖一：《聖羅馬諾之戰》

圖二：《聖佐治與龍》

數學畫

文藝復興前的大畫家彼亞羅（Piero della Francesca, 1415-1492；一般人把他錯叫做法蘭西斯加），有一套科學繪畫觀；承繼了馬沙西奧的長處，還東學學、西學學，學來了不少本領，像足了一條大八爪魚。

不知道大家還記不記得馬沙西奧，他是承繼喬多的風格的，他是啟發米開蘭基羅的，不過，講到現在米開蘭基羅還沒有生到這世界上來，那時承繼馬沙西奧的，是法蘭西斯加地方的彼亞羅。說起來，彼亞羅這條八爪魚自己很有腦子，他一面畫一面想，給他想出了好多繪畫的原因和方法，這樣，他居然寫了一本書，把自己的理論一篇一篇圖文並茂地寫下來。

圖一就是彼亞羅的畫論圖了。一列排着四幅畫，第一幅是一隻盒，我們現在上幾何課老師會叫我們畫這種東西，但是彼亞羅這個生長在十五世紀的人，已懂得

了。第二幅畫是一個人的側面。第三幅畫是鳥瞰式看人頭。第四幅是螞蟻瞰式看人頭，可以看得見有兩個鼻孔。這就是彼亞羅的科學繪畫觀，甚麼透視、比例，精細極了，於是大家又叫彼亞羅做科學畫家。

於是，我們看彼亞羅的畫時，就覺得有一種立體的感覺，試把圖一的第一幅方盒和圖二《鞭笞基督》畫中的石柱庭院來比吧，《鞭笞基督》畫中的近景大、遠景小，看上去有深度有空間。還有一點是值得注意的，畫面近中的一條石柱，並不是把畫一分為二，而是偏右，這是合乎黃金律的。假設ＡＢＣ是一個直角三角形(圖三)，在C點以ＣＡ為半徑畫一個弧，然後又在Ｂ點以斜邊與弧線相交之距離為半徑，在ＡＢ線上作Ｄ，Ｄ這一點，並不是平分ＡＢ的，就像圖二中的石柱，偏向左右任何一方。

我們也可以以圖一中第二幅草圖和圖四的畫相比較，看看那個人的頭是否畫得很有規律。這幅畫名叫《佛德列哥肖像》，彼亞羅畫得很好，人像畫一般都是三角形的，但彼亞羅畫了那末的一頂大圓帽，使畫面四四方方了起來，實在很有膽識。

至於背後的風景，是彼亞羅把自己的人物安放在北歐畫家們慣用的自然景物中，把兩者攜起手來。不過，畫中只是科學就不是藝術家了，幸好他還透露了一些超現實的味道哩。

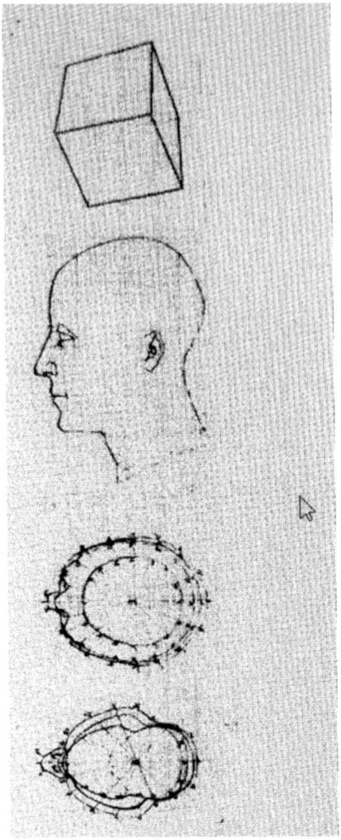

圖一：彼亞羅的畫論圖
（一四八〇年）

圖二：《鞭笞基督》

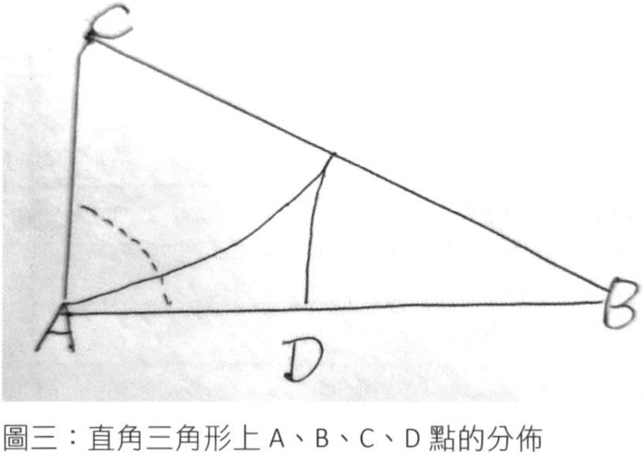

圖三：直角三角形上 A、B、C、D 點的分佈

圖四：《佛德列哥肖像》

第二流

畫家有幾種。有一種是第一流，有一種是第二流。還有一種，是不入流。

這圖是哲蘭狄奧（Domenico Ghirlandaio, 1448-1494，或譯基蘭達奧）畫的女子肖像，照這幅畫來看，你算哲蘭狄奧是哪一流的畫家呢？先給大家介紹一下畫中的這位夫人吧，她原來是翡冷翠大公爵的妻子，她本人是個美人，這一點大家都看得出，但是，大家一眼就被她一身漂亮的衣服吸引住啦，緊身的繡花衣裙和外邊罩着織錦的袍子，真是一位富太太，至於掛着的珍珠項鍊也都是要表現出她是出身貴族的；這個人也不笑不哭，但是和波提切尼畫的不笑不哭的美人才差得遠哩，這位畫中的太太，不知怎的，就是呆呆的，端莊得緊，欠缺一種靈氣。

哲蘭狄奧這位畫家的技術是超卓的，畫中人的側面的輪廓、項頸的線條和雙手的構成都又柔和又準確，黑白的對比又那麼強烈，畫面在結構上還懂得以窗框來和畫框邊相對稱，可惜，我們看來看去除了技術之外，就找不出別的了。因此，像哲蘭狄奧這樣的畫家，雖然把畫畫得那麼出色，在意大利文藝復興的隊伍中，只能排在第二流是沒辦法的，誰叫他把畫中人畫得那麼木偶式呢？誰叫他把那位太太拍照般地拍出來呢？誰叫他那麼注重太太的衣飾，把畫畫得像時裝展覽呢？不過，哲蘭狄奧也有一個好處，是他把當時的意大利的繁華紀錄下來。

岡索里（Benozzo Gozzoli, 1421-1497；又譯作戈佐利）也是個紀錄家，所以雖然他也能畫最最了不起的畫（技術的了不起），他也只是個文藝復興的第二流。他繪畫的《東方君王行旅圖》，在技巧上，他實在無可挑剔啦，那麼多的人、馬、山、樹，那麼完整的架構，可是，他太注重講故事了，小心翼翼，一絲不苟，告訴你騎在白馬上的是位大公爵，身穿鮮紅和金色的袍服；然後，他小心地描述那衣服。後面是公爵的兄長，再後又是他的父親，之後是一群族人之類，其中有一個就是畫家自己，他把名字寫在帽子上，但是圖太小了，看不見了。這樣做是不對的，不是簽名問題，而是可惜啦，憑他的技巧，他實在也是個好畫家，可是，他變了甚麼呢，他活像現在的記者，這幅畫也不過是一套新聞紀錄罷了。

哲蘭狄奧《女子肖像》

岡索里《東方君王行旅圖》

米開蘭基羅的手——逝世四百周年紀念

一四七五年有個地方叫意大利。
意大利有個城名叫加勃里斯。
加勃里斯有個市長叫洛杜維可。
洛杜維可有個孩子在三月六日誕生。
這個孩子的名字叫米開蘭基羅（Michelangelo, 1475-1564）。
這個米開蘭基羅剛滿一歲，他的爸爸任市長的期也滿了，一家人就搬回翡冷翠去。小孩子也就像好看的迴廊神柱一般，在這個可愛的有大廣場的城市中長大起來。他的媽媽在他六歲時死了；他的乳母，是一個石匠的妻子，也不久離開他了。正因為媽媽的早死，米開蘭基羅生活在孤獨中，他愛上了繪畫；正因為乳母是石匠的妻子，他對人說：「我的血管中早就流着雕塑的乳液。」十三歲，母親死後七年，米開蘭基羅到畫家哲蘭狄奧的畫室去當學徒。但是，這個人實在算不上是米開蘭基羅的老師，米開蘭基羅跟他學畫，腦子裏卻盛滿了盈盈的希臘的精神。後來，那些希臘的精神、古典的形象都跑進了他的雕塑中，人們也不得不承認米開蘭基羅的確是在那裏「文藝復興」，重現羅馬以前的活潑、朝氣和力量。

米開蘭基羅雖然喜歡繪畫，可沒有轉向繪畫發展的念頭，他喜歡石頭，去把一些很熟悉的活躍的大衛啦、酒神啦，從大石頭裏面找出來，把沒有用的石塊拿走。他的確是看見那些人躲在石頭裏和他捉迷藏似的，他就是一個一個把他們召喚出來。照佛洛伊德的看法，他一定是在嘗試把母親從碑石下面拖出來哩。這樣的遊戲是十分好玩的，連大公爵羅蘭素也很喜歡。大公爵看見米開蘭基羅這麼小的一個孩子，卻從石頭中找出那麼多的鼻子和嘴巴，就請他到自己的聖馬可大花園來玩，叫他在花園裏和石塊遊戲。這麼一來，米開蘭基羅既有石頭朋友，也有長真鬍子的大朋友，他十七歲的生活過得很愜意。

不過，大公爵老了，老了的人不久就要死了，米開蘭基羅便不再到大花園去玩了，他去了威尼斯，有時和雲石為伴，有時和木頭呆在一起。這時，有許多的貴族喜歡把墳墓打扮得漂漂亮亮，有一個貴族就請米開蘭基羅替他們的墳墓刻兩座像。可是，米開蘭基羅總懷念翡冷翠，有事沒事，常常跑回去，有時替新公爵塑邱比特、聖約翰，有時替錫耶納天主堂雕裝飾肖像。而且，他還刻了個大大的大衛像，讓人們豎在維其奧大廣場。

現在，每個人都知道米開蘭基羅的名字了，名字一響，人也就接着倒霉了，教皇朱理士二世（或譯儒略二世）把米開蘭基羅一叫叫了去，卻不叫他指導建築聖彼得教堂（米開蘭基羅正對建築着了迷），而逼他去替西斯廷教堂的天頂繪畫。老實說，米開蘭基羅對繪畫並不太熱心，他更喜歡雕刻，更喜歡建築，而壁畫這東西可是他非常陌生的。而且，又是那麼大的天頂，整整一座屋子那麼大哩。

但是，他還是答應了，也不得不答應。起初，工作相當困難，那些牆壁會吸水，和石頭比絕不一樣。不過，米開蘭基羅不久就忘記一切，原來牆壁裏面他也發現很多奇怪而有趣的人物，他終於也把他們找出來了，大大的西斯廷天頂給他找了三百多個不同的人物，還找到一堆堆一團團的人物。他一共仰了四年的頭才找出來。我們知道，一個人出了名，就有一個班子，幫助他做事。他不是個容易相處的人，幾乎和所有人爭吵，包括他自己。他找出來的，也沒有一個和顏悅色。

然後，米開蘭基羅又替大教堂小教堂雕塑。又過了三十年，他替西斯廷教堂的正面祭壇前面的牆添多一幅《最後審判》。這次，牆裏的人物都不是被拖出來的了，而是自自然然地從牢獄裏跳出來的。這時，他已經六十一歲了。梵蒂岡的保祿小堂（Cappella Paolina）又建好了，裏面又缺少了一些裝飾畫，米開蘭基羅又奉召去畫了兩幅大壁畫。這時候，米開蘭基羅再也沒有捉迷藏的心情啦，他在大牆壁裏面找尋的已經不是人了，而是神，不是實實在在會跑會跳的神，而是飄飄隱隱的神；甚至，米開蘭基羅連找人找神都不感興趣了，他嘗試直接走上天去，他一直在建築的狂熱中警醒，要把石塊砌上天堂。

直到一五六四年二月十八日，他的眼睛還是望着天堂的。雖然那雙眼睛後來終於閉上了。米開蘭基羅畫的畫實在不多，留下來的只是八幅，八幅中的《曼撤斯特聖母》、《下葬》和《聖家》三幅，是早期的作品，還比不上其他大家；《掃羅的皈依》和《聖彼得受十字架刑》是後期米開蘭基羅典型的作品，只有《最後審判》是傑作，只有西斯廷天頂壁畫是傑作，氣魄宏大的巨作，原來他需要夠大夠寬廣的空間，好去表現他的力量。

現在，大家進教堂，總得抬頭看看西斯廷天頂的大壁畫。中間一塊塊豆腐似的是《創世紀》的九個故事，由最底的一幅上數：〈神分光暗〉、〈神創造星辰〉、〈神創造動物〉、〈亞當之創造〉、〈夏娃之創造〉、〈原罪〉、〈諾亞之獻祭〉、〈洪水〉、〈諾亞之醉酒〉，這是說神創造世界，人們犯了罪正在等待救贖。在這九幅畫中單數一三五七九幾幅的四角，共有二十名赤裸青年作裝飾，由於戰亂，第九幅的一角失去一名，所以剩下十九名。在每二名青年之間，有一個圓形的徽號，是要來紀錄年代的。

旁邊一個個三角形外面那獨立的人像是七名先知和五名女先知。八個三角形內是基督的家族系統。角上那四幅大三角形是四個以色列神跡故事。這裏不過是天頂的全貌，從天頂彎下來，連接牆和窗的地方，還團團地圍着十六幅小圖，也是基督的家族人物，而在《創世紀》的第一故事這一邊的天頂所連接的牆，便是《最後審判》大壁畫了。

米開蘭基羅的畫是可以一幅一幅、一個人一個人分開來看的，其中大家最熟悉的便是〈亞當之創造〉，畫中神的手和亞當的手還沒接觸，但生命的氣息已經進入亞當的體內，亞當便成了活人。以後，教友星期日上教堂的時候，試試抬頭望望教堂頂，然後設想米開蘭基羅的畫就在頭上。

且想想上帝的手和亞當的手接觸，那是創造天地的手，且想想米開蘭基羅那雙粗糙、有力的手，當他拎起畫筆，就畫出了《創世紀》、《最後審判》；接觸石頭，就創造了《聖母哀子》、《大衛》、《摩西》等等偉大的雕塑。

《創世紀》

《聖母哀子》

米開蘭基羅最後的畫

一、《掃羅的皈依》（一五四〇—一五五〇作）

二、《聖彼得受十字架刑》（一五四〇—一五五〇作）

這是教宗保羅三世於一五四一年向米開蘭基羅訂製的濕壁畫。兩幅畫畫在梵蒂岡保祿小堂的兩側。

一面是《掃羅的皈依》，另一面是《聖彼得受十字架刑》。以保羅與彼得兩位聖人作題材，無疑是向教宗保羅三世致敬，而聖彼得則為門徒之首。

掃羅早年參與迫害基督徒，這畫描摹他在大馬士革的途中，被一道強光震懾墜馬，他聽到耶穌的聲音：「掃羅！掃羅！為甚麼迫害我？」進城後，掃羅從此信奉耶穌，並更名為保羅。

《聖彼得受十字架刑》畫中的彼得被羅馬士兵綑綁到十字架上，身體倒懸，頭在下雙腿在上。在場的人呈現愁苦的樣子。代表聖徒殉道的表現。

這時，米開蘭基羅老了，眼睛也不好了。畫的時候停停畫畫，又要應付教皇的召喚，忙着建築和雕刻，就拖了十年。畫風也和以前的不同，人物顯得柔和了，再也不是給人一種壓力感，反而變得空靈清明起來，卻也失去那種震撼人心的活力。

一五四五年時，教堂失火，屋頂毀壞了，畫卻一點沒有損傷，否則，我們就無法見到米開蘭基羅最後的畫了。

《掃羅的皈依》

《聖彼得受十字架刑》

西斯廷天頂及其他

米開蘭基羅如今一共留下八幅畫。

它們是：

一、《受苦的聖安東尼》（一四八七年畫），現藏美國金貝爾美術館。這是最早的繪畫，畫在畫板上，他原來也像布希、大布勒哲爾，畫鬼怪。是否真的米氏的作品，是有爭議的。

二、《聖家》（一五〇五—一五〇六年畫），現藏翡冷翠的猶非西畫廊，是替安芝羅·唐尼畫的，因為他結婚了。這畫直徑一百二十厘米。很糟的畫，裏面只有很少很少的米開蘭基羅，有很多很多的列奧納多（有人叫他達文西）。一四八七年，米開蘭基羅已雕出不朽的《聖母哀子》，說明他的繪畫遲熟得多。聖母聖嬰聖約瑟的頭部是三角形構圖，聖母的手臂是三角形構圖，整個聖家也是處於三角形構圖，那是列奧納多的。米開蘭基羅在哪裏呢？他躲藏在那一種雕刻的力和冷靜的色調裏面，他其實還沒有真正出現。

三、《曼撤斯特聖母》（一四九八——一五五〇年畫），現藏英國國家美術館（National Gallery）。因為一八五九年在曼撤斯特展覽過，所以得了個新名字，本來是叫做《聖母聖嬰聖約翰和天使》。這畫是一〇五×七六，但有人說不是米開蘭基羅的作品。畫中就是那幾個人。畫還沒畫完，所以左邊白白一團。這，也是一幅不成熟的畫，糟得叫人偏心而想否認是米開蘭基羅的作品。本來這畫很富於動力、很活潑生動，卻給加上了那麼的一些天使把畫弄呆了。

四、《下葬》（一五〇八年畫），現藏英國國家美術館。是畫西斯廷天頂壁畫前畫的，畫面一六一×一七九。中間一個屍體，一群人把他擁下墓穴去了。這也是一幅還沒有完成的畫，右邊灰了的一塊大石的樣子就是。這時期，米開蘭基羅的畫已經很成熟了，看，站在左邊的施洗者約翰的神態造型是多麼堅固充實呀。他把自己找出來了。

五、《創世紀》（一五〇八—一五一二年畫），那是西斯廷天頂壁畫，位於梵蒂岡西斯廷教堂，可說是鎮堂之寶。面積一三〇〇×三六〇〇。大主教朱理士二世給米開蘭基羅自由去選擇題材、去創作。

六、《最後審判》（一五三四—一五四一年畫），位於西斯廷教堂祭壇正面牆上。面積一三七五×一二二〇。是主教保羅三世要畫的。

七、《掃羅的皈依》，位於梵蒂岡保陵教堂。也是保羅三世要畫的。作於一五四〇年。面積六二五×六六一。

八、《聖彼得受十字架刑》，和第六一樣。

是這八幅畫，使米開蘭基羅不朽、偉大。

最大的成就，還是西斯廷天頂的大壁畫，那麼多的人物構成，歷史上只有喬多、只有丁多萊托畫過最大的壁畫，但米開蘭基羅的量、質，都超過他們。米開蘭基羅以建築師的眼光去設計，以忘我的沉痛去表現，以雕刻的力去刻劃，以詩的感情去描寫。整個作品中都呈現出米開蘭基羅的思想、米開蘭基羅的影子，這裏，他才是神，在他的畫中，他是無處不在的。

一個是天堂，另一個是地獄：《最後審判》。西斯廷天頂壁畫完成的三十年後，米開蘭基羅又奉命去繪畫在祭壇前面的《最後審判》，因此，就把本來已經畫成的兩名先知抹掉了，也把原先的壁畫抹掉了。畫分三層，上面是天國，基督站在中間審判，旁邊是聖母，然後是門徒先知殉道者和悔改者；中間是被審判的人，天使吹着喇叭警醒死屍；下面是地獄，地獄的左邊是復活的人升上天堂。

米開蘭基羅把自己也畫進畫裏了，基督足下右方的聖巴撒羅米奧手中拿的人皮原來就是他。這畫裏的人物全是赤裸的，所以，叫那些大大小小的主教帝王很不滿意，說要塗掉要毀掉，結果卻找來了一個曾經跟從米開蘭基羅的但以理（不是先知但以理）替聖母啦、基督啦加上些衣服，免得受冷感冒。這畫和天頂那幅不同，是沒有分開的，所有的人物都畫在一起，自由分組，人物還是充滿了力，但他們的存在，不在星球上，沒有空氣，沒有環境，甚至沒有光線投向他們，他們是在永恆中存在着。

《受苦的聖安東尼》

《曼撤斯特聖母》

《最後審判》

不要喜歡拉斐爾

你們大家向我看齊不？我不喜歡拉斐爾（Raffaello, 1483-1520）。我說：拉斐爾根本不是大畫家。雖然人人都叫他做文藝復興三大畫家之一，他實在沒有甚麼了不起。

例如他畫的《十字架受刑》。畫畫在一個教堂中一幅叫人怪討厭的不圓不方的牆上。這種形狀真氣壞人，如果畫內的線條和結構是圓弧的，就會和底邊的直線打大架；如果畫內的線條和結構是方直的，又會和頂上的圓拱形吵嘴。可是，這倒並沒有難倒拉斐爾。所以，有人說他了不起。

怎麼了不起呢？現在解釋。為了配合畫框的圓拱頂，拉斐爾就把基督當圓心，來了個圓結構，果然，畫面就不怎麼像會吵大架了。拉斐爾畫了個十字架，架的一條橫木剛好和底邊的直線排排坐，也打不起架來；不過，十字架頭重腳輕，怕不掉下來吧？拉斐爾的本領真不壞，擺了兩個人跪在十字架下，他倆石頭一般地，就把畫面鎮壓住了；而且，兩個人的衣服又一字兒長蛇陣般排開，和底邊的直線拉拉手成了好朋友。至於十架的直線和兩旁的一對天使，一對石頭人相對的拉線，又成了三條垂直線，和畫框很相配，中間的畫面又形成了一個長方形，叫畫面堅實極了，所以，難怪有人說他了不起。

可是，這幅畫天一半地一半，像剖腹般被切開了，怎辦？拉斐爾這年輕人，他其實才二十多歲罷了，還真有本領，他叫基督臉朝下，拜他的人臉朝上，可好了，這一會上下呼應，尤其是以基督胸膛為頂端的那個三角形越加擋住了十字架，一面叫它別倒別倒，一面又叫天地連而為一。說起來，最了不起的還是以基督的腳為重心的焦點，那枚釘簡直重要得叫人害怕，從這枚釘，向上伸指住了天使的裙邊，向下延扯住了鎮畫人的頭髮，向上移一點為中心拉成的圓，又一串串了六個人的頭，畫就集中了。噯，這般的本領也真虧得他啦，所以有人說他了不起。是呀，我也覺得拉斐爾是了不起的。但是，他哪裏是個了不起的畫家，他不如說是個了不起的數學家，因為他還會建築，是工程師。你呢，你怎麼說？

我們再看他的《聖母》，那是聖母和聖嬰和天使，那是三角形構圖，幕布拉開，聖母手抱聖嬰，在上面，正中，飄飄然出場，那應該是文藝復興最美麗的聖母，這，又有人說這是他了不起的地方。但有沒有看到下面的小天使，這兩個才真叫人喜歡，上面的戲，不是有點悶麼，有甚麼了不起。他們是天使啊，可真情流露。

拉斐爾《十字架受刑》

《聖母》

征服了光

文藝復興前夕兩位畫家：維內斯安諾，布杜凡尼蒂，都會畫高貴的小姐，還會畫真真實實的風景畫。問題是：意大利的畫家們把光畫成怎樣了呢？看維內斯安諾（Domenico Veneziano, 1410-1461）的《沙漠中的聖約翰》就知道了。

這畫，除了一個人、四堆樹外，就全是山了。這些山很怪，怪得像冰、像水晶。以前，從沒有人把山畫成這麼多角形的，但是，維內斯安諾把山的陰影畫出來了，他就成了征服光的畫家。因此，我們看他的畫，別的都不注重，就欣賞光線的變化。

維內斯安諾除了會畫光，還會畫人像，他的人像畫也是頂著名的。他可以畫意大利文藝復興時期最高貴的小姐的模樣，《少女的側面》就是了。為甚麼說這是一幅高貴的小姐的寫照呢？甚麼才算高貴的小姐呢？原來使這畫中的小姐高貴起來的理由有三點：

A、是她的高高的額，頭髮梳得高，額高，就高貴些了。

B、是她的頸的背線長，由於頸線長，所以看起來又高貴了。

C、是她的緊閉的嘴，大概高貴的小姐都是不應該多說話的，所以要閉着嘴。

看過這幅畫的人都認為畫中人很像一位埃及的公主，冷靜得像雲石。不知道大家看過《窈窕淑女》沒有，柯德莉夏萍參加舞會時，就是憑高髮、長頸線和閉着嘴使人覺得她高貴，猜她是一位公主的哩。維內斯安諾曾收過一個徒弟，叫布杜凡尼蒂（Alessio Baldovinetti, 1427-1499），他後來也很會畫高貴的小姐，也出了名。不過，布杜凡尼蒂還有其他的本領，他的《風景中的聖母與小孩》是很好的一幅畫。他是一個寫實的畫家，他在畫中畫上了翡冷翠的真實風景，在意大利的畫中，當時只有他畫的翡冷翠的景色才是真的。圖中的聖母高得像座塔，和遠遠的山群相呼應，背景中的河流、村落、海面、農田並沒有隔離的感覺，看上去絕不像是聖母長在地圖上。

據說，維內斯安諾因為畫畫了不起，卡斯坦諾（畫很生動的大衛的那個人，在〈動力、解剖、風景〉中我們說過的），出於妒忌，把他謀殺了。但實際上維內斯安諾比卡斯坦諾要多活四年，對這個傳說我們也就只姑妄聽之啦。

維內斯安諾《沙漠中的聖約翰》

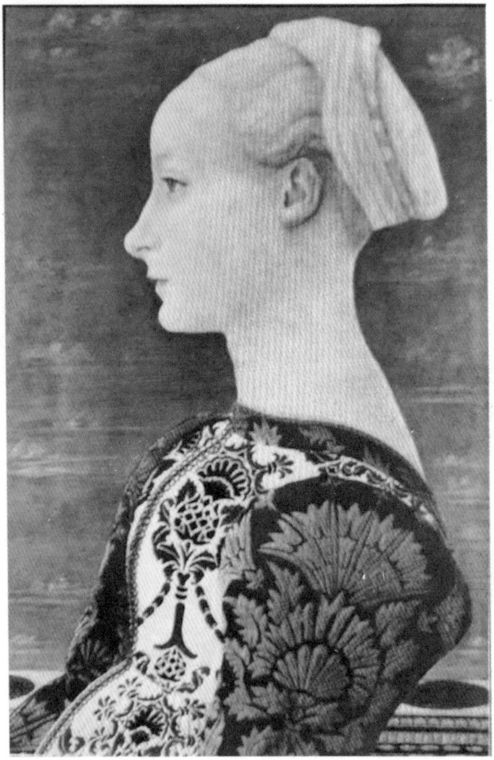

維內斯安諾《少女的側面》

布杜凡尼蒂《風景中的聖母與小孩》

聖母在岩石間

文藝復興時期的藝術，無論雕刻、繪畫，大多與宗教有關。如果說我不信教，於是也不看這類作品，那就好像因噎廢食。欣賞敦煌、大同等石刻，並不因為我們是信徒。

文藝復興時期真正的大師列奧納多・達文西（Leonardo da Vinci,1452-1519；又譯作達芬奇）繪畫過著名的《岩間聖母》，不過以此為題的畫現存一共有二幅：一幅藏於羅浮宮，名為《巴黎岩間聖母》；另一幅藏於英國國家美術館，名為《倫敦岩間聖母》。聖母，在不同時期，去了不同的岩石之間。二幅畫也有不同的地方，因此研究列奧納多的畫的人議論紛紛。

《巴黎岩間聖母》是列奧納多早期的作品，成於一四八二至一四八三年，草圖則起於一四八〇年。畫的正中是聖母，旁邊的孩子，即施洗禮約翰，他的頭顯然不像列奥納多的作法，我們知道，這些大畫家總有助手，或者學生幫忙畫了身體一部分，主要的卻是畫家自己的手筆。施洗禮約翰在畫中是跪着的，並且雙手合十，面對聖子耶穌；他代表了人類崇拜至高之主，而聖母之袍把他遮蓋，是代表了人類得到避難所。另一邊則是聖靈幻作天使的模樣，與聖子同在。聖子的右手高舉是表示祝福人類，畫中天使的位置非常重要，她正引導我們進入這一境界中，她的右手指着施洗禮約翰是甚麼意思呢？她的眼睛是望着誰呢？這就是許多人都疑惑的。畫的背後是岩石，有人認為這是聖家逃往埃及途中躲在山洞中，受施洗禮約翰探訪時的一瞥；更有人認為這象徵聖殿。

另一幅《倫敦岩間聖母》，卻跟前者略有分別，它不及羅浮宮的著名。它是列奥納多後期的作品，畫於一四九一至一五〇八年，現藏英國國家美術館。圖中的天使的模樣顯然跟上圖不同，尤其是那雙眼睛，不是望向極左方，而是望向中間，柔和了許多，因此消失了不少神秘的氣氛。天使所指着施洗禮約翰的手也已經隱藏了。此外一部分頭部表情也改掉，從自然主義，走向一點理想的畫法。

同樣地，列奥納多作《岩間聖母》時也作了草圖。拿《巴黎岩間聖母》中的天使頭部，和《倫敦岩間聖母》中的天使頭部比較，已經有了顯著的差別。列奥納多的畫刻劃非常細緻，構圖異常嚴謹，畫工細膩，使用了明暗對比法；而且圖中人物的笑容是列奥納多的標誌，他的名畫《蒙娜麗莎》就是典型。

順便一提，列奥納多，過去多簡譯作達文西，或者達芬奇，其實全名應是「列奥納多．達．文西」，意思是文西地方的列奥納多。

《巴黎岩間聖母》

《倫敦岩間聖母》

列奥納多

不要問列奧納多是誰，列奧納多從來就叫做列奧納多，他從來不叫做達文西。

列奧納多．達文西意思其實是「文西城的列奧納多」，文西這地方當然以列奧納多最出名，但可以還有許多許多其他人呀。說是達文西，是方便，卻是不對的。這地方也可以找到許多名人。

列奧納多真是個天才，是通才，這個通才很怪，是後來人們所說的文藝復興人（Renaissance man）。他並不怎麼頂喜歡繪畫，其實我們不能肯定他頂喜歡甚麼，因為他甚麼都喜歡，甚麼也做得非常傑出。或者我們只能說，他喜歡的是大自然，天空啦，海啦，才是他喜歡的世界。所以，許多人去了航海，他一個人在那裏造飛機；所以，許多人去了研究地球圓不圓，他一個人去想辦法建造一座橋，他一個人在那裏看一匹馬生氣的時候是甚麼樣子。

有的畫家認為人是頂重要的，米開蘭基羅就是，用盡了全身的力氣；列奧納多並不以為人頂重要，人比一切重要？人不過是偶然那麼地出現在世界上一陣子罷了。人之前之後過去和將來還有許多有趣的東西。沒有這些東西，人算甚麼呢？他於是一心一意地去管這種在大自然中偶然出現一陣的一切事物。

列奧納多不是一生下來就會畫令我們念念不忘的《蒙娜麗莎》的，這可能是世上最出名的畫。起初，他畫畫也很糟。因為他從來沒有集中精力去做一件事，他有許多不同的世界。要是頒他一個諾貝爾獎，頒任何一個都可以，又或者，可以頒兩三個。

一四八三年畫的《岩間聖母》就很出色了，倫敦那裏的一幅，我們看天使的頭部，這位天使和拉斐爾不同，五官的輪廓十分清晰、精緻，比聖母還要漂亮，天使像笑，又像不笑，背景的岩石和樹葉有如浮雕。列奧納多是很懂得畫的，天使的頭髮鬈得那麼細緻，使整幅畫很有韻律。當然，天使的頸是扭曲了的，這就是列奧納多科學來的結果。

啊啊，到《蒙娜麗莎》了。如果蒙娜麗莎不笑，她的左指不按着椅手，不坐得那麼直挺挺，這仍是一幅出色的畫不？一定是的，這幅畫重要的並不在列奧納多很科學地縮短了右手的距離，很神秘地透露了一絲微笑，而是列奧納多在那時候已經懂得我們現在的電影文法中的「溶」。溶就是交疊，這幅畫就是這樣，背景和葛岡達的第三夫人的像已經溶在一起了，是疊印在一起，文藝復興時期並沒有攝影術沖曬術，但列奧納多，他用色彩把背景和前景疊印在一起了，所以，這幅畫是有點矇矇矓矓，像放了薄薄的紗布在鏡頭前。背景中的河山畫得特別出色，不要錯過呵，你知道，列奧納多愛大自然，蒙娜麗莎不過偶然出現在其中，那背景，有點像水彩畫，而這，竟是三百年後英國水彩大師透納所畫的東西。

《蒙娜麗莎》

拉斐爾的老師

浦洛真諾（Pietro Perugino, 1446/1452-1523.，又譯作佩魯吉諾）是拉斐爾的老師。

他和列奧納多．達文西其實已經是同代的畫家了。意大利文藝復興了不起的繪畫並不是神仙般突然降臨的。它也有它的季節，到了浦洛真諾，春天過去，繁花的仲夏已經到來。浦洛真諾也是法蘭西斯加的學生，他從老師那裏學來了冷靜的風格和很準確的構圖。他懂得把畫面畫得有透視的感覺，把人物畫得在空間很有建築感。圖一是浦洛真諾畫的《基督把鎖匙交給聖彼得》。從這幅畫中我們可以看到景物很有層次，最前的一排，人是比較大的；中間的一些，人形體小得多了。浦洛真諾就以大小來對比空間的距離。畫的最後一層是三座建築物，正中是教堂，浦洛真諾把建築物畫得那麼立體化，彷佛是風景照片上的影印。再看看教堂背後的遠山和樹木、天上的雲彩，就知道這時候意大利的繪畫的確是踏上了康莊大道了。

圖二是浦洛真諾的《在聖貝納前的童貞女》。這幅畫最叫我們注意的是那一列的廊柱，以及一層層的拱頂，然後望出戶外，一大片可愛的天空和遠方的田園景色，這樣的對比叫人佩服。至於童貞女，她是在貝納的幻境中出現的，由天使伴着，浦洛真諾把她畫得既女性化，但又有實質，叫人覺得她是一個活生生的人，而這個人又柔和又寧靜又典雅，衣褶是垂得那麼自然，姿態又表現得那麼細緻。浦洛真諾還把畫中人的皮膚畫成古銅色，就像現在的人去游泳時塗上日光油後曬成的那種色彩，可見，文藝復興時代的意大利是如何注重使畫中人健康起來、活潑起來了。

圖三是《聖米高》，這位天使全身披甲，神氣勃勃地站在拱門下守衛，但我們仍可看到他的臉色是很柔和的。浦洛真諾的畫中人物全備有一點「甜」味。他在這方面的藝術是當代的畫家沒法和他抗衡的，不過，這時在浦洛真諾自己的畫坊中，卻有一名學徒承受了他的才華，也只有這名學徒到後來超過他的成就，那就是意大

利文藝復興三大畫家之一的拉斐爾。必須一提的是：列奧納多是和浦洛真諾同代的畫家，浦洛真諾在列奧納多前仍可爭得一席位置，實在可列入當時的前十名畫家之一。

圖一：《基督把鎖匙交給聖彼得》

圖三：《聖米高》

圖二：《在聖貝納前的童貞女》

被遺忘了三世紀的波提切利

波提切利（Sandro Botticelli, 1445-1510）的名字，在藝術史上是突出而顯著的；在他藝術的全盛期（即一四七〇至一五〇〇年），他名列翡冷翠的主要畫家之一。到了一五五〇年，意大利偉大的畫家的名冊中也留着波提切利的大名；可是到了一五九八年，大公爵所出版的一冊：必須保留的名畫，書中卻再沒有波提切利的名字。據說是因為他與那位激進的傳教士薩佛納羅拉（Girolamo Savonarola）過從很密，這修士一度掌管翡冷翠的教會，曾下令燒書燒畫。

此後，波提切利差不多是被世人遺忘了，直到十九世紀才由羅斯金、史文明、羅利蒂等重新提起。今日，畫評家大多承認，波提切利的地位並不低於列奧納多．達文西。他是所謂「三傑之一」。

真正傑出的作品，是不會永遠有意或無意被遺忘的。波提切利的畫所以受近代人重新發現，是他的畫，找到了一種女性的溫柔，以及一種憂鬱感，這些，都和諧、可愛地結合，帶點「搖曳的信心」，帶點被逐的哀愁，他所表現的，卻又是強有力的、具有男性氣概的作品。所謂「搖曳的信心」，並不是指沒有堅定固一的信心，而是當前搖曳着太多的可以追隨的東西，在信仰上，在藝術上，波提切利必須要長時期作出取捨、抉擇。曾經有人認為，波提切利這種的搖擺破壞了他的藝術，事實上，波提切利捨棄了勝利之路，一如列奧納多，而選擇不為世俗所愛好的道途，因此孤寂一生，可是成敗不過某些人為的看法。

波提切利就是這樣的一個畫家，他的個性，感性上是女性的，度量上是男性的，很少畫家具有他這種複雜的氣質。他的複雜並不阻礙他創作的動力，一滴水就是一滴水，不是氫，不是氧，也不是氫氧的混合；況且，在藝術上，整體總比部分的和為大，波提切利是一個複雜的整體。

在波提切利的作品中，我們可以發掘出「可愛」，而這種「可愛」卻含有一項神秘的意味，它的背景都透出寓言的成分，不帶着糖的甜味。他許多幅聖母、天使的作品，都呈現出來若有所思，要走出畫外。

文藝復興時期的作品都不趨向現實的，他們表現的是宗教，他們自己的，或者贊助人的。沒了宗教即沒有畫，他們的每一幅畫像，都是定了型的宗教聖像、美婦人、可愛的天使、聖潔的童貞女之類，甚至列奧納多的《蒙娜麗莎》也笑得含蓄、神秘，一種宗教的氛圍。波提切利的女性形象是截然不同的，她們的美是另一種的美，不是充滿歡愉的，不是莊嚴神聖的，她們幾乎都帶上了一種人的感情，和人一樣的思想一般，像《維納斯的誕生》中維納斯的臉部表現，我們無法找到文藝復興期那種特有的愉悅以及聖美。一般來說，女神的誕生，應配合以希臘的晨曦，光彩輝耀的形象，波提切利的形象卻是石質的智慧的產物，瑪利亞式含蓄而憂愁的女性，撒落的玫瑰，腐枯了的金黃。

波提切利的線條是流動的，歐洲的畫家，沒有一個有他的旋律似的線條，這種柔和的筆觸，只有在東方藝術中才能找到。線條是初民的語言，波提切利清楚地表現這一點。因此，他的線條幾乎成為一種語言和聲音，他的畫，不但可以看到，而且還可以隱約地聽到。因此，他筆下的人物雖然有石的內質，卻一如活人，有感情，甚至可以和他們傾談。

一四九四年，法國入侵翡冷翠之後，美第奇家族被逐，惡名的薩佛納羅拉成為宗教領導，宗教畫無疑更加繁盛，波提切利也一度着手宗教故事的構圖，但豐盛的畫面受壓抑了，線條變得粗糙、強烈，而且戲劇化。

波提切利並不像列奧納多、拉斐爾他們享譽，他受過不少折磨。傳說中，他是貧困和瘋狂地度過老年的，這並不足信，他事實上的確遠離一般的畫者，只為表現一個單純的思想或信仰而繪畫，並不迎合潮流地去繪他並不喜愛的東西。外表上，米開蘭基羅比波提切利更為人知悉，他們都是不朽的藝術家。

在生活的層面上，波提切利似乎從不曾離開他的祖國，他一直在意大利遊蕩，從彼沙到羅馬間往來；他從沒有結婚，一生住在他父親留給他的屋子裏，和眾多的家族們一起。一四八一年，有二十個家族成員同住在那小小的閣樓裏。所有波提切利的冒險都不過是靈魂和藝術的。他是個溫和、愛和平的生靈，如果他是生長在數百年前的修道院中，或者會像安琪里柯修士那樣，虔誠地畫一些宗教畫，他可能是一個快樂的人。但，如果那樣的話，我們就沒有一個波提切利，沒有那種帶着淡淡哀愁的形象了。

《春》

《維納斯的誕生》

幻想之美

文藝復興時期，米開蘭基羅以畫最健美的男性著名，波提切利則以畫最柔美的女性著名，他倆是奧林匹斯山的守護大師。

文藝復興大道上的畫家多數都是踏着大步，走得很威風的，但大小里比們獨自踩着碎步，纖纖巧巧地走着自己的路，這時候，里比的學生波提切利也和他們一樣，輕輕柔柔地跑來了。波提切利對宗教是熱誠的，這在他的畫中可以找出來；他對希臘之美另有一番感觸，這也在他的畫中表現出來了；他對人物線條的處理別有才能，這也在畫中滿溢了。波提切利的人物都是他幻想出來的美人，美人這兩個字用在波提切利筆下的人物上，實在是最適合的，她們帶點仙氣，帶點詩意，卻又內蘊着人的靈魂。她們又都很嚴肅，不像蒙娜麗莎，毫沒理由一天到晚在那裏微笑。波提切利筆下的美女是不愛笑的，彷彿世界上實在沒有甚麼好笑一般，她們不笑，不哭，不憂愁，不歡樂，一切叫你自己去猜，她們像一個個謎，美麗得很的謎。

圖一是波提切利的《維納斯和戰神》，戰神剛打完仗回來，放下了武器，疲倦地睡着了，維納斯則在一旁守望。從這幅畫中，我們可以看到波提切利的線條是何等的柔和，最顯著的便是維納斯的一頭波浪般的頭髮和一身細緻的衣褶，臉上平靜得不表露甚麼思想出來，整幅畫靜靜地充滿了一片寧謐，只有四名獸足小神在那裏嬉戲，三名抬着戰神的刺槍，一名跑進了他的盔甲。

圖二是波提切利的人像，畫人像一直是文藝復興期的主要趨向，而每一幅人像也都呈現出畫者的風格。像圖二中的一位淑女，臉的輪廓和頸的線條都是軟軟的，叫人特別注意的卻是那一頭多采多姿的頭髮，波提切利幾乎把每一條頭髮都畫出來了，那些頭髮也彎彎的，形成一種節奏。少女的背景是一幅黑的牆，這樣，更能對比地顯出頸項和臉面的白。

在文藝復興時期，米開蘭基羅是以畫最健美的男性著名，波提切利則以畫最美的女性著名，他倆彷彿都生長在奧林匹斯山，波提切利在山下，米開蘭基羅則在山上，缺少任何一個，都會使文藝復興失色。

圖一：《維納斯和戰神》

圖二：《女子肖像》

大小里比

大里比是爸爸，叫 Filippo Lippi（一四〇六—一四六九）。小里比是兒子，叫 Filippino Lippi（一四五七—一五〇四）。他們是文藝復興中兩名少將，畫的畫很美。

文藝復興一直發展呀發展呀，到了里比這個畫家的時候，卻忽然變了一下子。意大利十五世紀的時候，畫家在繪畫方面是一點一點地堆積了許多的本領的：透視啦，空間啦，解剖啦，動力啦，體積啦，光暗啦，總之就是一大套。但是，到了里比，這一大套的本領忽然一停停住了，原來里比在文藝復興的路上操呀操，竟然操離了隊伍，自顧自地跑掉了。

里比這個人喜歡花花草草，如果照一些人說的「喜歡花的人是詩人」，那麼里比就是個繪畫詩人。瓦薩里（Giorgio Vasari, 1511-1574）在《藝壇名人傳》中，說里比少年時「疏於學習，成天在自己和他人的書本上亂畫」，簡直就是現在頑皮的學生。瓦薩里是第一個用「文藝復興」(Renaissance)一詞的人，他寫了藝術家許多不知真假的傳聞，還說里比曾被海盜綁架，因為知道他會畫畫才放了他。

里比繪畫很少畫廣博、粗線條的男子氣的畫，偏偏愛畫靜得悄悄地、神秘得很的畫。而且，他很注意畫衣服的褶，彷彿他不是甚麼畫家，而是一個裁縫。不信的話，大家看看他畫的《天使報訊》那個天使好了。這個天使穿的衣服漂亮不？就像街上常見的女孩的百褶裙。還有，大家見到滿地的花了沒有？那就是里比的世界了。至於那個天使，居然長了孔雀的尾巴做翅膀，這，當然是里比喜歡孔雀的斑眼像花朵一般漂亮了。

大家知道世界上有個碧姬．芭鐸不？她的模樣兒最容易叫人想起甜甜，怪怪，無無辜辜，頑頑皮皮，孩子氣。里比畫的人物就有那種氣質，《聖母和聖嬰》就是了，你見過有比畫中更頑皮的基督麼？當然，畫中聖母的衣服又是漂亮得緊的。

里比的畫很美，不是粗豪的，是細緻的。至於那種詩的味道，在《基督降生》中更易被人覺得，畫中的聖母的頭部竟然像水晶一樣透明，背景又充滿了不可思議的境界，黑和白散佈得十分別緻。他也喜歡畫孩子，神態生動、有趣。

里比的兒子也和他父親一樣是個喜歡畫衣褶的畫家，大家叫他小里比。看《聖伯納之幻象》中的聖僧，白得那麼出人意外，那身衣褶搶眼極了。當然，大小里比這兩個人都是很能夠「賺人眼淚」的藝術家，但是，因為畫的畫不夠樸素、簡潔，只能成為文藝復興隊伍中的少將，而不是上將。不過，不過，你真不能否認他們的畫是美得十分迷人呀。

大里比《天使報訊》

小里比《聖伯納之幻象》

威尼斯城主

意大利的文藝復興時期，很像我們的戰國時代。因為一個意大利有那麼多的城市，每個城市都有自己了不起的畫家，這些畫家就像那個城的城主一般威風。這時候，威尼斯這個水城也有它自己的城主，就是貝林尼。

威尼斯有兩個貝林尼，哥哥貝林尼（Gertile Bellini, 1429-1507）很出色，畫了不少名畫，但弟弟貝林尼（Giovanni Bellini, 1430-1516）才是真正的城主。他的地位，相等於翡冷翠城的拉斐爾。許多畫家的特長是線條的運用，有的是剖割平面和立體，弟弟貝林尼不是這樣的。他注重那些古典的形體，放一點人類的溫柔進去，又放一點詩那樣的感覺下去。他把別人畫得很男子氣概的畫融匯了一下，加點光線和空氣，變得柔和起來。他不喜歡把人放進熱水瓶夾層裏（真空的意思），而是放在陽光溫暖的景物裏面。因為他對光把持得那麼好，把顏色配得那麼準，他就成功了。如果下次我們見到那種古典的形體，有點人類的溫柔的，有點詩的感覺的，我們就不妨說，那畫是蓋上了貝林尼郵戳了。例如《聖文森特．費雷爾的祭壇畫》（*Saint Vincent Ferrer Altarpiece*），各個面向不同，表情、神態也有分別。

來看看貝林尼吧，《死了的基督由憂鬱的天使扶持着》。基督的形體是以絕對高超的比例繪成的，屍體一直向下滑瀉，安躺在悲哀的天使手中，這是希臘式的。但畫中傳出感情、和平與安息的感覺是透了出來。在形體上，這是很古典的，但從基督向後靠的頭，以及天使向上仰望的眼色來看，這種感覺，卻是充滿了基督的精神，這種精神，不是希臘的，也不古典。貝林尼在這裏用的顏色是令人敬仰的，但我怎樣告訴你呢？

另一幅是《男子肖像》。別看那人呆呆地把臉貼在畫面上，貝林尼的畫是充滿了感情的。他側着四分之一的臉，被頭髮包圍着。黑的髮、黑的袍和帽子使他的臉特別亮，重要的是那鼻子，全是光。他的嘴角彎向內，疲倦的眼皮垂着，保護着眼裏充滿神秘的思想。貝林尼用紫色替他的下巴和眼皮添上陰影（誰說不是貝林尼發明紫色眼蓋膏的），背景是雲、是天，雲和天當然不是熱水瓶，貝林尼早已爬出了拜占庭的殼。

《聖文森特・費雷爾的祭壇畫》

《死了的基督由憂鬱的天使扶持着》

《男子肖像》

天使報訊

許多畫家喜歡畫《天使報訊》（大多譯做《天使報喜》），因為他們那個時代除了宗教，實在沒有甚麼可畫。文藝復興前前後後那一段時間裏，畫家們的確沒有甚麼可畫的，他們偶然也畫人像（大概是受了聘請），但不畫風景、不畫蘋果、不畫三弦琴，於是畫來畫去都是聖經故事，而聖經故事畫來畫去也就是《天使報訊》、《基督受刑》、《出埃及》、《神跡》這些。《天使報訊》是個最通常使用的題材，因為畫這樣的畫可以畫女性，而聖母就是唯一尊貴的女性，這是母憑子貴。無數畫家畫過《天使報訊》，列奧納多．達文西、喬多都畫過。現在，就看看西蒙尼畫的吧。

那時候公眾的建築就是教堂，教堂的牆太單調了，沒有甚麼裝飾，所以畫就畫在牆上。一般的畫，都是畫在教堂兩側的牆上的，而西蒙尼，他卻是第一個把畫畫在正中祭壇前。之前說過他的《天使報訊》（見〈西蒙尼〉一文）便是位於錫耶納天主堂中的阿桑娜教堂正中的三連畫，位於三座拱形的弧門頂下，畫很大，這裏介紹的是其中的細節。頭上滿插着樹枝的是天使，他的袍是金色的，因為剛從天庭降落，所以身上的披肩、絲帶還在向上飄。大家仔細看，就會發現天使嘴邊有一行小字，這表示天使在說話。字是「Ave Maria, gratia plena, Dominus tecum」，譯成英文是「Hail Mary, full of grace, the Lord is with thee」，譯成中文是「瑪利亞呀，你是有福的，上帝與你同在」，也就是「萬福瑪利亞，滿被聖寵者，主與爾偕焉」。西方的畫上有文字是非常有趣的，就像我們現在看的連環圖，但這是那個時代的特色。

瑪利亞這時顯得有點害怕，所以皺了眉，身子向後退縮，一手拉住了衣領，另一隻手拿着在讀的書，看不見是甚麼書。這種苦惱的表情，是其他瑪利亞少有的。她穿的衣服是紅色，披肩是藍色，這色彩也是十三世紀就慣用的。全畫的背景以金色為主，金色代表超自然，也代表神聖。西蒙尼這畫的特色是人物有橄欖式的眼睛，這種眼睛比喬多式的呆些，但裏面也包羅了整個宇宙的聲音。

畫在一三三三年完成，現藏意大利翡冷翠的烏菲茲美術館。畫雖然還有拜占庭風的痕跡，但已經給後來的畫家們築好了橋樑了。

《天使報訊》

報訊的天使（細部）

瑪利亞（細部）

基督誕生

喬多。我們已經記住這個名字：喬多，喬多。然後，記住這幅畫的名字：《基督誕生》，《基督誕生》。

喬多畫過很多畫，這一幅是畫在意大利普達（Padua）教堂中的，這個教堂後來改稱為阿里娜（Arena）教堂。阿里娜教堂是一個很有錢的人出錢建造的，這個有錢人所以很有錢是因為他的父親很有錢，他的父親很有錢是因為他搶劫別人的錢財，因此，有錢人就覺得要替父親贖罪了，而且，他剛讀過但丁的《神曲》，知道地獄第七層將受甚麼苦，所以，阿里娜教堂就給建起來了。當時，喬多畫的聖法蘭西斯一生的故事已經畫出了名，這個有錢人便請他替自己的教堂繪畫。喬多一畫，畫了三十七幅。這是一三〇五年的事。《基督誕生》便是三十七幅中的一幅，畫都是關於瑪利亞和基督一生的故事。

畫中像要打盹的是聖約瑟，穀倉裏的是聖母和基督，穀倉頂上的是一群天使，右下角的是牧羊人，然後，剩下的有牛、驢和六頭羊。從整個圖畫的結構來説，喬多把聖經故事中的幾個章節全畫在一起了，尤其是把基督降生和天使歌頌、天使報喜訊全畫在一起，所以那五個天使中的一個居然俯身在向牧羊人報訊，而那群牛羊也居然和約瑟獃在一起。

畫中的故事知道了之後，我們就要想想這幅畫呀，到底有甚麼偉大、有甚麼藝術了。先看看聖約瑟吧，他坐在那裏打盹哩，你説，他像一塊大石頭不？像的，但也不像的，看起來生生硬硬的，但又好像活活潑潑的，人是會疲乏的，這呀，原來就是喬多的可愛。喬多畫的人物都是寧靜的，起初看像木頭人，看多兩看，就全活起來了。那些線條又多柔和。他讓神聖的人物不再那麼神聖，而融入了平民百姓日常的生活。

我們要特別注意這畫的層次，這畫是有兩層的，近景是約瑟、動物和牧羊人；內層是遠景，是聖母和聖嬰和婦人和天使。在喬多的時代還沒有人有這種分層次的本領哩。還有，雖然大家看不見，這裏要提一提，畫的背景是藍色的，就是那群天使的背後是藍色的，這代表天空，以前，拜占廷時代的背景是金色的，而喬多，他已經帶來了天空的色彩和意識，他怎能不是大自然的孩子呀。

《基督誕生》

歌者與歌

聖經上說：耶穌降生在猶太的伯利恆城，降生在小小的馬槽裏。聖經上說：牧羊人都來崇拜祂，東方的三個博士也來崇拜祂。聖經上說：天使們都唱歌。那樣子是很熱鬧的，那樣子的故事是很好聽的，但是，很熱鬧和很好聽是不夠的，還要別的。

讓我們來看看柯里治奧（Correggio, 1489-1534，或譯柯勒喬）的《崇拜聖嬰》。怎麼這幅畫冷冷清清的，沒有天使，沒有東方博士，也沒有牧羊人呢？怎麼這幅畫不是馬槽，而是廢墟的殘跡呢？我們只能憑着一條石柱和一些碎磚去回想當年建築物的宏偉。

沒有天使博士牧人，沒有歌聲景色，可是，畫家引導我們的感情融進畫裏去，一些光投射得那麼準確，一些瑣碎的場景拋得那麼開，我們必然一望就看着聖母的臉，然後隨着聖母的視線轉向手、轉向耶穌。沒有甚麼叫我們去傾聽，沒有甚麼叫我們去注視，我們全心全意地看着充滿喜悅的母親，意味到曙光漸現的明天。然後，我們也充滿了同樣的喜悅和希望。

用不着在聖母的頭上畫一個光圈，我們知道她是可敬的瑪利亞；用不着在聖嬰的頭上畫一個光圈，我們知道這是尊貴的基督；用不着描述故事，我們懂得意義；用不着介紹情況，我們明白信息。

柯里治奧是一個良好的歌者。貝林尼（Giovanni Bellini）也是，他把聖母和聖嬰放在草原上，背景卻是維吉爾式的詩中的田園。疏落的枝椏、修長的葉樹、白雲、屋宇都是貝林尼派的典型景物，但《草地上的聖母》竟然顯靈般地顯了出來，我們可以看得出聖母像個農家少婦，靜坐的姿態是一個完整而平穩的三角形，聖母的臉型也正是畫得很準確的鵝蛋臉，五官的線條都是極柔和的。在這幅畫中，我們也找不到畫家們慣用的代表神祇的光圈。我們還找不到馬槽、天使、牧羊人和博士。柯里治奧和貝林尼都不願意告訴我們故事，他們只把精神傳達給我們。

很好的歌要有很好的歌者，很好的歌者也要有很好的歌，接着是，很好的聽眾。柯里治奧和貝林尼給我們的感覺是安詳、寧謐與和平。

柯里治奧《崇拜聖嬰》

貝林尼《草地上的聖母》

基督入耶路撒冷

從拜占庭以來，意大利的繪畫分了兩條主流，一條是翡冷翠，是喬多的；一條是錫耶納的，是杜西奧的。現在看看這兩個人畫的同一題材《基督入耶路撒冷》。

杜西奧這一幅只能取自他的三聯大畫《基督的一生》，左下角最底的一幅就是了。兩幅畫實在有很多相同的地方。耶穌騎着驢的方向是相同的，耶穌雙手的姿態也是相同的，小孩子爬上樹是相同的，一伙人從城中的拱門擁擠出來也是相同的。事實上喬多和杜西奧誰也沒真正地見過基督當日進耶路撒冷的情形，但是，兩個人的腦袋居然生得一模一樣，彷彿這兩幅畫有一幅是抄襲的。不過，他們誰也沒有抄襲誰，而且從畫中我們可以看出他們兩個都在努力擺脱拜占庭的呆風，其中喬多走自然之路，用他自己的手去創造新的活的人體；杜西奧沒有創造甚麼，卻把人物「解凍」了，彷彿拜占庭的畫中的人物是被雪封着，杜西奧去把雪融了。

我們一直以喬多為偉大的畫家，而杜西奧只代表錫耶納一個地方，不能代表全意大利。從這兩幅畫中，我們的確可以見到喬多的一幅，人物活動像厚實的石塊，畫面細節甚少，正中誇張驢，城市縮小，天空闊大了，人物走近了，主題明顯，感染力很強。而杜西奧呢？畫了一大堆的房屋，把重心的基督畫得小小的，雖然一看上去，大家還是一眼集中在基督身上，但是旁邊的小驢、矮牆，總是把我們的視線分了一半，人物方面也異於喬多的「石形人質」，而近於「人形石質」。

喬多的偉大是他能夠伸手探觸到大自然，很有空靈的感覺，是超塵的。杜西奧，他的小小的偉大，就是能夠表達出錫耶納的繁華，他把錫耶納式的都市形象納了入畫中，所以還是很重視裝飾。這也就是為甚麼錫耶納畫派只能風行一時，不若喬多的不朽了。

喬多的畫，總是給我們一種「舞台裝置」的視覺，這幅畫也好像人物活在舞台上，以簡潔集中為主，這，就像電影上的手法，喬多實在是「蒙太奇」的高手。如果把這兩幅畫配合當前的電影來分辨，喬多的屬於「新潮電影」（這話可能嚇壞不少人，因為許多人都以為新潮電影是黃色的），重畫框設計，人物獨立精神；反過來，杜西奧就給我們一種「荷里活式的繁華」，看，那不是大場面、佈景多、演員排山倒海的姿態嗎？

喬多《基督入耶路撒冷》

杜西奥《基督入耶路撒冷》

杜西奥《基督的一生》

哀悼基督

現在總括一下喬多。

這一幅是《哀悼基督》，在阿里娜教堂裏，一三〇五至一三〇六年的作品。這幅畫要我們注意的是畫是整幅的，不是部分，也不是橫形長形，就是那麼地正方形。故事相信不用說，大家一看也就明白了，基督已死，人們把基督從十字架上扶下來，然後一伙人圍着一個勁兒地悲哀，其中有的是婦人，有的是門徒（頭上有光圈，金色，衣袍也鑲上金色的花邊）。畫的上半部全是天使，天使的頭上也有金圈。如果仔細的看，可以看見每個天使的姿態都是不同的，悲慟的臉也沒有一樣，我們彷彿聽到他們嚎啕的聲音。而天，是藍色的。

這幅畫看來是平面的，但我們覺得它分了幾層，外層是婦人，然後是基督，再後是門徒，最遠的是山石。喬多的畫我們總說是活的，那些層次就是讓我們見到有遠景近景之分。

畫中有一個人最特別要提出的，就是正中的張開了兩隻手臂的聖約翰。我們看見他的左手，但右手才是重要的，我們已經看不見右手的手臂，只看見指掌，這說明了，喬多已經對空間有了認識，他給我們看到舞台的景象。

別的同代的畫家描述故事、神跡時，必定會把許多人物畫在同一的大面積上，看的人要一組一組地看。而喬多是不同的，他並不要你看完這，然後看那，他的畫不是走馬燈，他像一個高明的舞台的導演一般，把人物都放好了位置，要你一眼望去已經找到了焦點。且看這一幅畫，無論你把眼睛放向哪一個角度、哪一個人物的身上，結果，他們必然把你的視線拉向基督。甚至那一群天使，也只有其中的一個是臉向着天堂的，另外一個面向右上方，彷彿是向上帝報告一樣。

沒有一個人不認為喬多是同代最偉大的畫家、建築家。他的畫就像他的建築，他的建築，也像他的畫，與別不同。相比之下，西蒙尼、杜西奧他們都是出色的畫家，但出色和偉大有遙遠的差距。偉大，是一種境界。有人認為喬多的畫也有美中不足的地方，看，他是那麼受到聖法蘭西斯的影響，那麼酷愛大自然的，但，他這幅畫多荒涼，有那麼多的山石，卻只有孤零零的一棵樹，而這，正是簡樸虔誠的聖法蘭西斯的意境。

《哀悼基督》

人的感覺

雪諾萊利（Luca Signorelli, 1441/1445-1523），彼亞羅的弟子。他除了會很科學化地繪畫之外，還會把人體畫得活生生的，很有人的感覺，而且有力。

數學家的彼亞羅有一個弟子，他學會了彼亞羅很科學化的繪畫法，但是他覺得無論科學不科學，人是最重要的，人是宇宙的中心。在古希臘的時代，希臘人也是最注重人的，所以，希臘的精神在意大利重現了。所以，十五世紀就是文藝的復興了。

彼亞羅這位弟子，我們看看那幅《鞭打基督》就可以知道他是如何把人體畫得活生生而又有力。圖中那些人站的位置，和背景壁畫都是畫得很科學化的，這些我們且不必去理會，因為那種本領是彼亞羅的，我們要注意的是整幅畫中心的基督，和四個圍着揮鞭的士兵，這五個人幾乎全是赤裸的，原來雪諾萊利的專長便是畫赤裸的人體。他畫的人體都充滿了力，全身的肌肉都畫了出來。圖中的基督，給我們一種人的感覺。以前，別的畫家畫的基督使我們覺得基督像神，很輕飄飄的，像一個英雄。至於鞭打的四個人更活像古希臘奧林匹斯山下競技場中的運動員。由這樣的雄糾糾的人持鞭子，大家更可以感到畫面上洋溢出力來。

雪諾萊利另一幅《哀悼基督》。這個名字也解釋一下，原名為 Pietà，是意大利語，意思是：躺在聖母懷中的基督，是指基督死後由聖母抱着。圖中的聖母抱着基督，但她自己已經暈了，由兩名婦人扶持着。這邊伸出手、散着頭髮跑來的是馬大拉。這一個悲慘的場面給人的感覺不是基督教的一段故事，而像個希臘的悲劇，基督的形體在畫中是最顯明的，我們仍可覺得這是一個人，有重量有實質的人體。

然後是最後審判中的死者復活，從那幾個人的頭部來看，那些眼睛鼻子的位置畫得那麼準確，便知道雪諾萊利不愧是彼亞羅的弟子了。

《鞭打基督》

《哀悼基督》

Pietà的作品

意大利不是由一個城市組成的，正如羅馬不是一天造成的。除了著名的翡冷翠外，意大利東北方還有很多可愛的城市，法拉拉就是其中一個。艾歌爾和科斯達都是法拉拉的畫家，加上許多法拉拉畫家，成為法拉拉畫派。

艾歌爾（Ercole de' Roberti, 1451-1496）的畫，我最喜歡那幅《哀悼基督》（Pietà），它實在是十分搶眼的。聖母那件黑袍，和基督的白色的身體，對比得好不強烈，艾歌爾很能畫出淒涼的場面，前景中只有兩個人，除了人便是石便是布，另外有一頂荊冠。這麼簡單的畫面，便是一再強調畫中的氣氛的，叫看畫的人不要把視線投到瑣碎的事物上，而要集中在基督身上。這畫中動和靜的場面也處理得很好，前景是淒涼寂靜的，後景卻充滿了聲音。大家當然可以想像得到，羅馬兵騎馬馳過的聲音，奴隸的鐵鏈聲，家人的哀號，十字架的釘聲，這些在前景中是沒有的，但一對照之下，感情就不同了。

畫家當然是可以誇張的，所以我們就不能問：為甚麼聖母的黑袍是這般寬闊，或者像這樣的一件黑袍到底要花多少碼布。不過，有一點我們實在可以懷疑一下，聖母的表情是很怪的，似笑似哭。也許艾歌爾的腦子裏另有想法，基督是來救世的，如今是完成了。

我也喜歡科斯達的《音樂會》，很少十五世紀的畫家會這樣繪畫的，既不是天使聖母，又不是大貴族大人物，卻是一群家族的樂師在那裏歌唱。這畫全是人頭，下一層是五個，上一層又是五個，裏面有男有女，不但這樣，畫家還很有趣地去畫他們的特徵，其中一個竟然戴着眼鏡，其中一個光了個頭。從這幅畫中，我們知道十五世紀的人也戴眼鏡，又很喜歡唱歌。畫裏面的人有窮有富，窮的都是家族的樂師，富有的和女人都是班丁維里奧的家族份子。

法拉拉畫家另有一位代表人物圖拉（Cosimo Tura, 1430-1495），他著名的作品，也是《哀悼基督》（Pietà），這題材幾乎所有文藝復興前後的畫家都畫過、雕刻過。奇妙的是，基督已經成年，聖母卻仍像少女，所有作品，可說無一例外。

法拉拉的艾歌爾、科斯達、圖拉都不算是文藝復興了不起的畫家，他們的畫畫得那麼好仍不算了不起，可見大師們如列奧納多、拉斐爾和米開蘭基羅他們是如何出眾了。

以 Pietà 命名的繪畫有許多許多，曼特尼亞（Andrea Mantegna）的一幅，角度比較特別。至於雕刻，米開蘭基羅就有四座，分佈幾個意大利名城，不同的表現，好像逐步走向抽象，真是舉世無匹的傑作。

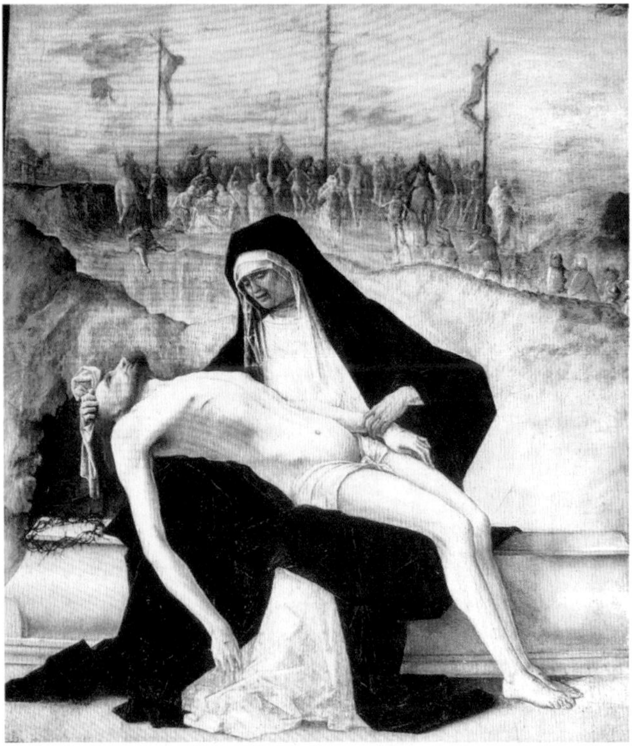

艾歌爾的 Pietà

圖拉的 Pietà

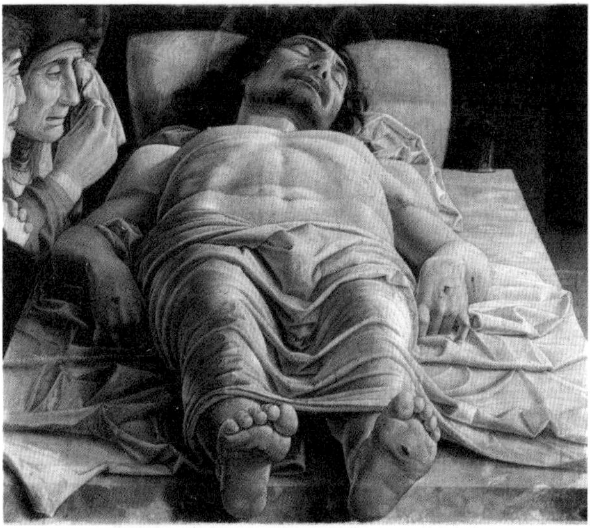

曼特尼亞的 Pietà

米開蘭基羅的 Pietà（羅馬）

米開蘭基羅的 Pietà（翡冷翠）

米開蘭基羅的 Pietà（翡冷翠）

米開蘭基羅的 Pietà（米蘭）

在平面上建築

十五世紀像甚麼?像一個小學生讀上了初中，於是天地忽然大了起來，學的東西多了起來，就是數學一科就分為算術啦、代數啦、幾何啦、三角啦這麼多，其中幾何是頂有趣的，我們可以畫許多圖形，平面的、立體的都行，畫平面是容易的，到畫立體就難了些，因為到了畫立體時，大家的眼睛就要能幹些，腦子要想得出那些虛線在哪裏才行。

十五世紀的畫家們也畫幾何圖形的，像美斯納（Messina）地方的安東尼路（Antonello da Messina, 1425/1430-1479），有人叫他做美斯納，那其實是一個地方，就像人們叫列奥納多做達文西。安東尼路對這種在平面上建築的玩意兒就十分有興趣。現在有圖為證：《聖耶利米在書房中》，畫中的耶利米佔了一點兒位置，其他的地方都被拱門、階磚地、書架子搶去了，不過，因為這樣我們就可以想像到屋子有多大、規模又如何了。這麼多的拱門使我們可以看見深度，並且把人物和背景聯合起來。耶利米坐在裏面很威風哩，坐得直直的，一面在翻書（是否遠了些，於是我們想像，他不過是扮演讀書罷了）。畫中的那些窗子是很重要的，沒有它們，我們就看不見有光，也看不見遠遠的鄉村風景了。沒有了光、沒有了鄉村風景之後，建築物也就不像建築物啦。畫中還有許多東西（大家可以玩尋物遊戲了），一頭孔雀，一隻睡貓，一條掛着的毛巾，這些都是用來填補空間不使它太空洞吧。雖然畫中好像隨便放了些花盆、拖鞋，其實都是很小心策劃的。畫中的一些影子更使這幅畫生色不少，啊，後面的陰影就出現一頭獅子。

安東尼路後期的成熟作品是著名的《聖西伯斯坦》。這幅畫中的人體完全復活了希臘時代的尊嚴，聖西伯斯坦在赴義時直立得有如石柱，雙眼望天，一片莊嚴景象。背景是一座城堡，一些小姐們出來曬地毯，順便看看有人受刑，地面上有兵士守衛。這時候的畫家總不放過背後遠遠的東西。這幅畫中的地磚、樓宇，都是安東尼路一貫的透視畫法，雖然其中有不少人物、雲層，都是用來裝飾畫面之用的，可是我們可以感覺得到聖西伯斯坦屹立在他們之中，整個世界包圍着他的孤獨憂鬱的形體。由於人物的對比是如此強烈，我們還可以意味到彼此所距離的空間。

《聖耶利米在書房中》

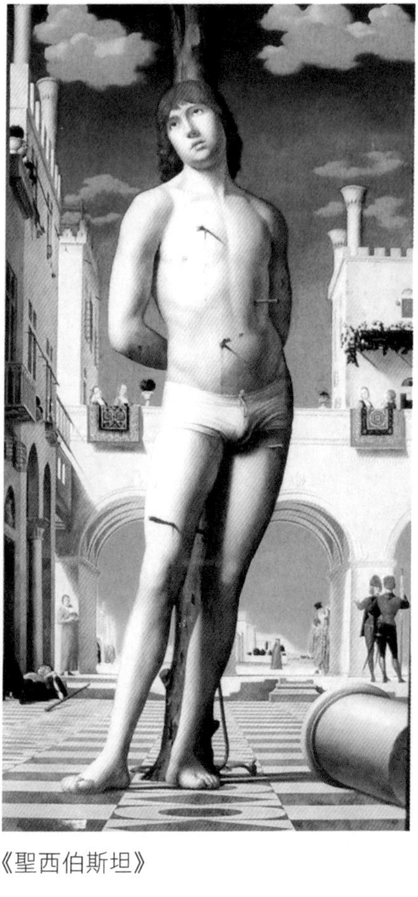

《聖西伯斯坦》

畫高高貼在牆頂上

十五世紀的畫，是貼在牆上的，有的貼在教堂邊的牆上，有的貼在大公爵有錢人家高高的拱頂上，這是畫家發表作品的地方。

曼特尼亞（Andrea Mantegna, 1431-1506）的畫就貼在有錢人家的牆頂上。他的畫和雕刻一樣出色，他的雕刻和他的畫一樣出色，一樣是很石頭的，很堅實很硬朗很金鋼質的，他被歸類為威尼斯畫派代表。他給著名的貴族岡沙格（Ludovico Gonzaga）請了去漂亮人家的牆。

曼特尼亞畫在岡沙格屋子的牆上那些畫大極了，有橫有直，有一層樓那麼高，畫裏的人，譬如說岡沙格自己，在畫面上就比真正的岡沙格還要高還要大。牆上的畫畫的不是聖經的故事，不講聖母和天使，講的是岡沙格的一家人。岡沙格有一座大大的別墅，岡沙格有一大伙的族人，所以曼特尼亞要替他們「拍照」，在照相機面世之前。這畫，就像相片一般掛在廳子，好叫世世代代的子孫去認知他們的祖先。

把牆上其中的一幅細部放大，名字叫《魯多維可岡沙格的家族》。坐在椅上攤開信讀的就是岡沙格，他正和臉上有羅馬式彎鼻子的書記講話，授他以命令。正中端坐着的是全畫中心的岡沙格夫人，她坐得就如一塊奠基石，一動都不動。此外，家族中的大大小小、男男女女都畫進畫了，甚至連一頭狗也沒有漏掉，牠就在男主人的椅子下面。曼特尼亞把這幅畫畫得很好，單是每個人的頭部的方向，互相呼應，已經叫我們十分佩服他構圖的心思了。

另外畫家也畫過一幅細圖，名字是《岡沙格晤見其子紅衣主教》。這幅畫不但把相晤場面很小心地畫了出來，還沒忘記把羅馬的建築搬進去，居中一株大樹底下的風景是羅馬的勝跡。正中站着的是紅衣主教一手牽着未來的主教，那是他的弟弟，他也牽着一個小孩的手，那小孩也將成為紅衣主教。這三個人手牽手，意味傳統的承繼，權力是這樣接班的。

在十五世紀，小孩子是很少入畫的，曼特尼亞的這兩幅畫是少數的描繪小孩子的名畫之一。和紅衣主教傾談的就是岡沙格，一個強壯威風的族長。在這幅畫中，我們更能看出曼特尼亞畫筆下的石質感來。他的世界不是詩的，是石砌的；他的畫筆也不是毛的，是刀。

《魯多維可岡沙格的家族》

《魯多維可岡沙格的家族》（細部）

畫會唱歌

畫會唱歌，你當然不相信。不過畫的確是會唱歌的，你聽不見，但可以感受得到。感受是最重要的。

一幅畫唱的歌叫你最能感到的是節奏。就是像人家舞蹈時踏的步子。說得最最簡單，節奏就是輕的和重的拍子。像打鼓、敲桌子、拍手、踏步、操兵、打琴，都行。

蒙特里安（Piet Mondrian, 1872-1944）是個荷蘭畫家，他的畫對現在的一些建築有很大的影響。他畫畫的目的之一就是取悅大家的眼睛，叫你看得很舒服。這，人們說他是嘗試「新造型」，我倒覺得他是在摹仿音樂，有些音樂就是取悅大家的耳朵，叫你聽得很舒服的。看他的《格子》。你說，他畫的是甚麼？你一定會說，這哪裏是畫，這簡直是那些標榜現代的人弄出來的鬼東西。可是，別這麼罵人家，蒙特里安是個很有腦袋的人。他是在用色彩畫一首爵士樂（畫裏有紅方格、藍方格、黃方格，顏色都印出來給你看）。畫中最小的長方形點子都是黑色的，它們都在那裏跳進跳出地跳舞。因為顏色有深有淺，畫看上去就有近有遠，彷彿在畫布上跳動，彷彿看的人就也在數拍子跟着一起跳。這幅畫在展出時，蒙特里安要求在展覽會上播放爵士樂，這樣人們就可以一面聽爵士樂，一面看爵士樂畫了。他最後的作品，就叫《百老匯爵士樂》（看，我已經告訴你一種欣賞現代畫的方法啦）。

節奏倒不是現代人的玩意，古老的畫家也早知道節奏的重要，不過那時候的節奏不一定是叫你跳，而是畫裏面一種流動的旋律，像德國的畫家馬蒂亞斯·格呂內瓦爾德（Matthias Grünewald, 1470-1528）畫的《嘲弄基督》，畫中的人物就由一條長的「節奏」連在一起，由右下方繩的一端起主要三個至左上方的拳頭止，很成功地把畫的重心穩住了。這幅畫因此也充滿了動作，流動得像一條蛇，把你的眼睛拉向上端的手，然後又拉向下端的繩；這樣，你就感到一種雙方的跳動，可憐起被蒙着眼備受欺淩的基督。而且那兩個人的動作使你想起人家打鐵時一上一下的動作，你是可以感到那些節奏的。

老布勒哲爾（Pieter Brueghel, 1525 /1530-1569）畫的《舞蹈的農民》也是充滿了節奏的作品，你且自己找找它的節奏的主線吧。不能老是由我告訴你的。至於莫奈（Manet, 1832-1883）的《吹笛子的少年》，你聽到甚麼呢？

馬蒂亞斯・格呂內瓦爾德《嘲弄基督》

老布勒哲爾《舞蹈的農民》

莫奈《吹笛子的少年》

圓又圓

我們每天上學去讀書，書本都沒有圓圓的。為甚麼不圓？書本當然不應該圓。字排起來是要整齊，不是橫的橫橫，就是直的直直，要是書頁裏的字也要排成弧圓形，排字師傅可要氣也氣壞了。所以，我們的書本都和很古老很古老時的一樣，長長方方，或者四四方方，又或者變化的是字體，扁扁方方。

繪畫也是，許多畫家畫的畫都是四四方方的畫面作邊，因為四方的畫框最容易畫，畫裏面就可以用很多的直線橫線，如果用圓的框，那末繪畫就受了限制了，畫面的線條都要圓起來。畫家們卻不喜歡被繩子綁着，所以都愛畫方框子，可以自由自在地畫。不過，畫圓框子畫的畫家還是有的，而且還畫得很好。像英國的福特．馬多克斯．布朗（Ford Madox Brown, 1821-1893）畫的《英倫餘望》（*The Last of*

England），是說移民外地的神情，坐船離開時最後望着自己的祖國。畫中的圓帽、圓肩線、傘邊，甚至那條看來很直但卻是彎的車繩，都是在回應畫框的圓邊。全畫幾乎沒有一條直線來破壞圓形的和諧。我們可以用圓規以兩個人中間做中心，向外畫一個圓，剛好和畫框的圓分成二重奏。

在福特·馬多克斯·布朗這時代（十九世紀中葉），許多的畫家都在仿文藝復興的畫家，看見人家畫的畫面黃色得很可愛（因為日子久了，所以變黃），以為那是大師們的傑作，於是你也學，我也學，故意找些黃的底色來畫畫，但是福特·馬多克斯·布朗不肯，他的畫布的底色是白的，所以，他的畫面色彩很清新，這是他可愛的地方。

波提切利和米開蘭基羅是文藝復興時期最可愛的兩個畫家，波提切利能畫最秀美的女人，米開蘭基羅能畫最健美的男人。他們也畫過圓框的畫。波提切利的《最高者》，畫裏面一切的線條也是圓的，尤其是那天使，三個天使的臉圍成一個小圓圈，又再和聖母聖嬰的頭圍成大圓圈，這幅畫彷彿一直在轉圈、在轉動。米開蘭基羅的《聖家》也是，三個頭織成一個圓，聖母是最重的，她的雙足、雙臂都緊緊地和畫框的弧相呼應。但這幅畫有一個特色，正中的下面有一條橫線，這是畫家故意畫了來把前景和後面的天使們分開的，就是那條橫線，也是彎的。

布朗《英倫餘望》

波提切利《最高者》

米開蘭基羅《聖家》

結婚證書

阿諾芬尼是個很有錢的商人。他要結婚了。他要弄一張結婚證書。但那是一四三四年。那個年代沒有婚姻註冊處。那個年代沒有報紙可以登我倆情投意合。那個年代沒有電影攝影機可以拍活動圖畫和呆照。而阿諾芬尼是個死也不肯甘心的人。他就找來了尼德蘭大畫家凡·艾克替他畫了這麼的一幅結婚證書。

阿諾芬尼握着妻子的手。現在正在舉行隆重的宗教儀式。阿諾芬尼的右手在舉高了宣誓。結婚儀式當然是很隆重的。凡·艾克也想到了。結婚和一頭狗根本是沒有關係的。但在畫中畫一隻狗吧。十五世紀的時候狗就是代表忠誠。忠誠是結婚時應該宣誓的。凡·艾克不是夏加爾。凡·艾克不是米羅。凡·艾克不會畫忠誠。他只好畫狗。狗是象徵。牆上的一串唸珠也是象徵。象徵教會。很亮的房間裏垂在天花板的一盞燈上點燃了的唯一的蠟燭也是象徵。象徵希望。地上的兩隻鞋也是象徵。象徵經上說的「從你的腳上脫下你的鞋。因為你站立的地方乃是聖地」。

凡．艾克畫得非常好。更好的是圖中的一面鏡子（原來十五世紀已經有玻璃了）。鏡子反映着阿諾芬尼和妻子的背影。這是凡．艾克的本領。這不是象徵。象徵就是用一種東西代表另一種東西的東西。澳洲的土人在一塊木上刻了一些圈圈。這是袋鼠。我們看來看去不懂那就是袋鼠。但他們說是袋鼠。圈圈們象徵袋鼠。荷蘭另一個偉大的畫家維米爾（Johannes Vermeer, 1632-1675）畫過一幅《畫室中的藝術家》。夏加爾也畫過一幅《藝術家和模特兒》。大家看得懂維米爾。大家可看不懂夏加爾。因為夏加爾的畫很怪。畫面有怪的青驢頭，有怪的手，有怪的鳥，有怪的長翼的人。為甚麼怪？夏加爾說那就是象徵。象徵甚麼夏加爾自己卻沒有說，由看畫人說好了。阿諾芬尼結婚時並沒有狗沒有鞋。凡．艾克沒有的證書上卻甚麼都有了。藝術家作畫時身旁只有模特兒並沒有鳥沒有太陽沒有驢也沒有手等等。但畫中也是甚麼都有了。景物是死的。畫家是活的。畫不是照片。畫是思想。很簡單的。

凡·艾克《阿諾芬尼的婚禮》

局部放大：鏡子反映阿諾芬尼和妻子的背影

澳洲土人用來象徵袋鼠
的圈圈

維米爾《畫室中的藝術家》

會哭的畫

這兩個人為甚麼這麼傷心哩？為甚麼在那裏哭呀哭呀哭個不停呢？去年，我看見她們的時候，她們在哭；今年我看見她們，她們又在那裏哭。哭得我毫無辦法。我是最怕見到女孩子哭的了。

她們一共哭了多久我是不知道的。總之從有兩個大畫家把她們畫成這個樣子的時候起，她們就一直哭到現在。那兩個畫家一個是亨利．蘭（Henry Lamb, 1883-1960），一個是畢加索（Pablo Picasso, 1881-1973）。

亨利．蘭畫的那個女孩子似乎沒哭得那麼淒涼，她是閉着眼睛，拿了條手巾哭得蠻漂亮的，你一看見時，心裏也就難過了，因為還有下面一個哭泣的男孩子。彷彿這個人是你的朋友，你真想叫她別哭別哭，快去看看史丹利．克藍馬的《瘋狂世界》。可是畢加索畫的那個女孩子，哎呀，我的天哪，她簡直是個怪物，從沒見過有人哭成這副樣子的。眼睛張開了不去說它，那個臉，就根本分不出是朝東還是朝西。不過，她也哭得很起勁，也是抓緊了一條手帕在抹呀抹。

你說這兩個人，誰哭得最傷心，給你的印象最深呢？如果我們現在來個投票，就像上個星期一伙人選甚麼革新會議員甚麼的那種方式來投票，你投誰一票呢？看喔，我看你是投那個亨利·蘭畫的小姐了吧？因為她不是頂漂亮的麼。就像十九世紀奧斯汀小姐、白朗蒂小姐、狄更斯先生、屠格涅夫先生他們寫的小姐一般，但是，我就不投她一票。

我投畢加索的小姐一票。因為她的哭法和亨利·蘭的小姐的哭法不同。亨利·蘭的畫是說有人在哭，於是我一看就會說：我看見有人在哭。看見看見看見。但是畢加索的呢，我就會說：我覺得有人在哭。覺得覺得覺得。畢加索給你的那種哭的印象多強烈，以後你過了許多年還會記得很清楚，因為畫面裏的哭是畢加索強調了的、誇張了的，他故意那麼地把人的臉扭曲了，就是在特別表現出哭的感覺。不管臉漂亮不漂亮，要緊的就是哭。

對了，畢加索是在表現，這畫說起來實在應該是立體主義的（現在不講立體主義，講起來像廿四史那麼長）。不過，用的都是表現主義的風格。表現主義的可愛就是畫裏面有許多畫家自己主觀的看法。而這，就是一幅畫的靈魂。

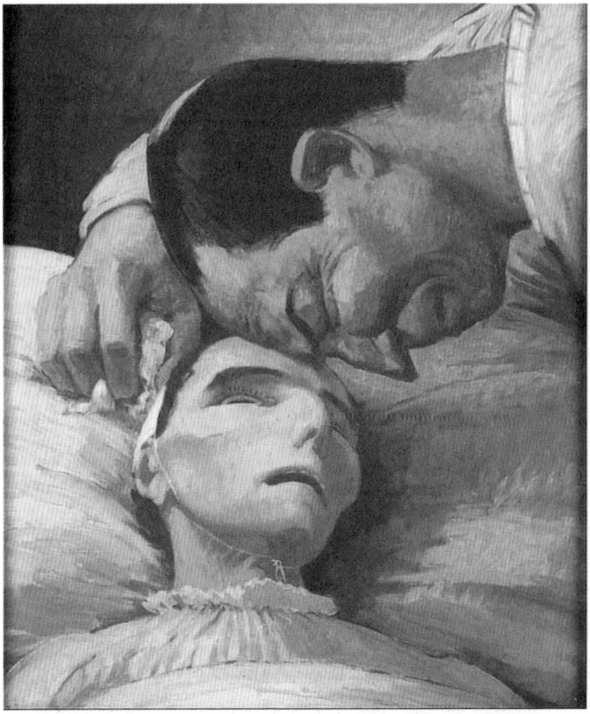

亨利・蘭《農民之死》

畢加索《哭泣女子》

眼睛不可靠

我們每個人都長了兩隻眼睛。為甚麼要長這麼的兩隻眼睛呢，它們一點也不可愛。自從大家長了眼睛後，大家老是對甚麼都去看看看，因為去看了，又老是對甚麼都去找像像像。我們的眼睛是最不中用的，但它們總是一副了不起的樣子，威威風風地就是喜歡做 witness，彷彿「我看見」就是天下第一大事。其實我們的眼睛是最不濟事的，它們既沒法瞧透一座山，也看不見一隻大細菌。於是，畫家們一二三，就把它們打倒了。

畢加索把它打倒了，保爾．克利（Paul Klee, 1879-1940）也把它打倒了。他們這兩個畫家並沒有商量過，只是，大家都覺得眼睛靠不住，視野太狹窄，偏見太深，就轟的把它打倒了。他們怎樣打倒眼睛呢？畫不是要用眼睛看的嗎？是的，不過眼睛之上，還有一個腦袋，腦袋裏有一樣東西看不到：想像。

看他們畫的圖畫就可以明白了。你見過世界上有這樣的人物麼？像畢加索畫捕魚，畫題是《安底比晚釣》，那是說釣魚的，是說在一個夏天的晚上有一個人坐了小船出海吧，他用叉捉魚，手臂粗壯得很，月亮在頭上，魚在船下，岸上另有兩個女子，一個正在吃甚麼，還有一輛腳踏車。這不過是一幅很普通的風景畫，但是，我們從沒見過世界上有這種人、這種月亮、這種魚。尤其是魚，方得很，嘴巴才怪，像給醫生開過刀縫起來的。嗯，世界上是沒這種實物的，但是，我們看懂了那是人、那是魚、那是船。我們看懂了，是不是用眼睛的知識呢？不是的，我們是用心的知識。畢加索已經在指導我們用心去看，而不是用我們的眼睛。

保爾．克利也是。他畫的捕魚，海分成格子。船上有一個人用叉捕魚，也不像人，海中的三條魚也不對勁，比船還要大，一條張大口的像鰻魚。那條船，那個人，那些魚，像真又像假，叫我們的眼睛忙着懷疑不已。但是，保爾．克利叫我們別理自己的眼睛，叫我們把眼睛扔開，用「所知的」來看「所見的」，這樣，我們的視野才大、才闊、才廣博。

眼睛所看見的東西是有限的。在保爾·克利的這幅畫，是我們能夠用眼睛在現實的生活中看得見的嗎?但在畫中，充滿了聲音，魚全靜下來了，魚全在思想了。大魚的眼睛也在找尋甚麼了。

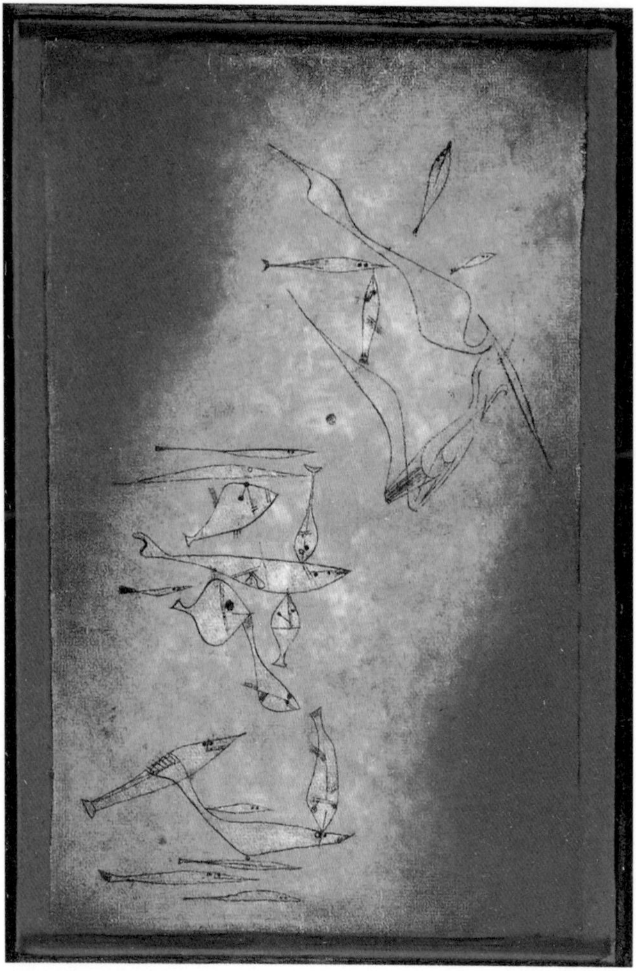

保爾・克利《魚》

和諧的族類

世界上有一種東西叫做和諧。世界上有一種人一生一世就專門努力追呀追這一種東西。畫家們也擠在那一種人裏面。

一幅畫好不好，給你看得順不順眼，就要看和諧不和諧了。你見過糊在牆上的紙麼？或者這樣說，你見過傢俬布麼？牆紙上、傢俬布上的圖畫就是一種和諧的東西，因為上面總是有一個焦點，然後整幅紙或布上，就是那個焦點的重複。重複，重複。原來重複符合期待，就是和諧了。

布拉奧羅（Antonio del Pollaiuolo）這個意大利畫家很古老的了，畫的《女子肖像》看上去十分可愛，為甚麼可愛呢，喔，就是因為有了和諧這種東西。是的是的，畫中那位小姐不管額角、頭髮、背脊，都是用弧線畫成的，頭上的珍珠圓圓的，頸上的珍珠圓圓的；袖子上的葉子，一片兩片三片都開着叉朝上指，那兩片葉又朝東朝西伸，全是重複重複的線條、重複重複的圓形。於是就和諧了，於是就可愛了。有趣的是，許多意大利畫家繪畫女性時，大多是這個角度，畫她的右側面，好像一個形象，然後經營她們的髮型、衣飾，要是把這些畫放在一起，一定很好看。

畢加索的《蘇維特第八號》（那個女孩子叫蘇維特，這是畢加索畫的第八張以她做模特兒的畫）也是和諧的，畫中全是直直直直的線條，連衣服上的一顆鈕扣也不圓，連眼睛的線條也不怎麼圓。那些直線重複又重複，於是畢加索就可愛了。這幅畫像不像我們玩的七巧板砌圖？像不像小朋友的剪貼？像。畫起來好像頂容易的，現在許多人都會了，但畢加索卻是畫這種畫的第一個，我們現在叫這種畫做「立體主義」的畫。

雷諾亞（Pierre-Auguste Renoir, 1841-1919）這個法國畫家也畫了很和諧的畫，就是《傘》。好多的傘，多得可以和美國雙子星座太空船回地球後，華盛頓的市民歡迎葛里遜和揚格的一般多。傘真是頂漂亮的，它們自有一種風姿，彎彎又圓圓，圓圓又彎彎，整幅畫都在表現很簡單的弧形，就像讀一首詩讀到了韻，唱一首歌唱到了 Da Capo，重新再唱。

其實，每一幅畫都是圖案畫，不同的是：一隻碟上的圖案比較乖，一幅畫中的圖案比較喜歡和我們捉迷藏。

布拉奥羅《女子肖像》

雷諾亞《女子和陽傘》

畫自己的畫

你家裏有牆嗎？牆上掛甚麼呢？牆上是應該掛畫的，應該掛你自己的畫。你的家就是你的沙龍，你的家，就是你舉行你的畫展最好的地方。世界上的人都應該替自己開個畫展的，因為每個人其實都是畫家嘛。

你家有牆嗎？畫些畫掛上去吧。以往有人說家徒四壁，表現貧窮的意思，我可是羨慕家有四壁，多好啊，如果不放書架，可以掛畫。如今的居住環境，真是三尖八角，反而難得有四面好好的牆。

好了，就當你幸好有四面牆吧，你可以展示四幅畫。

第一幅：畫個你自己喜歡的好了。塗許多顏色，紅呀黃呀紫呀綠呀，塗得漂漂亮亮，看，你原來畫得和馬蒂斯（Henri Matisse, 1869-1954）的差不多。這樣子，你就成了個「野獸派」的畫家了。

第二幅：畫你家中的狗好了。但那狗正在跑來跑去，怎麼肯乖乖坐下來給你畫哩。好吧，就畫牠跑來跑去的樣子好了。牠跑起來尾巴晃呀晃，活像一株樹的枝。就把樹枝般的尾巴畫出來好了。咦，可有趣了，這幅畫中的狗，連動作也給畫在一起了，像極了巴拉（Giacomo Balla, 1871-1958）的一幅畫，啊，這樣子，你居然當上了「未來派」畫家了。

第三幅：這次，畫你心目中的一個夢吧。昨天，你夢見時間過得真快，快得像火車在你屋中飛過，凝住了。對，就畫一個鐘，畫一列火車好了。這幅畫才古怪，好像馬格列特也畫過的，當然，他也畫過飄浮在半空的浮城，他沒有仔細地畫浮城裏的人物，就由你去畫最好。哈，這樣，你變了個「超現實主義」的畫家了。

第四幅：畫你在大會堂見到的三個音樂家吧。你坐得那麼遠，看也看不清他們的模樣，不如就把他們的模樣當作七巧板，玩積木般砌起來吧。總之，你一畫出來，人家看得出是三個人在玩音樂就行了。很好，這幅畫像極了畢加索畫的那種，你自自然然地又當上「立體派」的畫家了。

現在，把四幅畫掛在牆上。你說哪一幅最好呢？我看都很好。在藝術的世界裏，前輩和後輩可以並置，誰也不能打倒誰、不能替代誰，只是時代轉變，口味不同罷了。馬蒂斯畫不同顏色的基督，可以使我們年輕，使我們喜歡世界上的顏色，使我們勇敢地踏實地生活。巴拉《戴鏈索的小狗》使我們重新發現時間，要好好把握時間。馬格列特《浮城》使我們擴大幻想，創造我們心中的世界。畢加索的《三個音樂家》使我們叫自己不要太喜歡自己的眼睛，喜歡一下我們的腦袋，別塵封了。這些畫，它們就是野獸主義、未來主義、超現實主義，以及立體主義。

當然，這些都是你自己的，但不是要你變成自戀的水仙花，而是你好歹在創作，其他人不能替代，你實在也不需要甚麼的主義。

馬蒂斯自畫像

巴拉《戴鏈索的小狗》

西西與高更畫作

藝術的選擇

有的人寫字很肥。有的人寫字打圈圈。有的人寫的字整齊得像操兵。這，只能說這就是風格。當然，真正的風格，是個人經過磨練的工夫，是個人有意識的選擇。畫家們為甚麼可愛呢？就是因為他們每一個都有每一個不同的風格。

基督像有很多，到了近代，它們是多麼的不同。一位德國雕刻家的作品，他表現基督就是像平常人一般的基督，感受到人們所感受到的痛苦。作者想把基督人性化，他的作品中的基督就是一個人了。一位丹麥雕塑家，可並不以為基督是人。他故意把像雕得又生硬又有直角，把眼睛和嘴巴刻得特別大；這樣子，他這個像配合了當時教堂生硬的建築，而且，他是在告訴大家，基督不是人，是神。另一位德國的丟勒，很有趣，他的自畫像，看來像甚麼呢？像基督。

基督到了高更（Gauguin, 1848-1903），他在大溪地畫的《聖母與聖子》是黑皮膚的，頭上都有光環。他才不理基督是人還是神，是白皮膚黑皮膚哩，在黑人的大溪地，這是自然而然很道地的處理，讓基督融入地方去。試想想，要是把瑪利亞和耶穌畫成白皮膚黃皮膚，不是很突兀、格格不入麼？他畫這幅畫好像本來想送給教堂的，但教堂不要。他另外一幅《黃色的基督》，把釘在十字架上的基督畫成黃色，他的基督，不是在強調痛苦，他只是在表示一種很單純、很簡樸的農民的信仰。他又畫過一幅《綠色的基督》，他的基督，和文藝復興時期的多麼不同，多麼令人難忘。他是否在推廣、開拓對宗教的信仰？另一方面，藝術家可以有藝術上的堅持、選擇，更有藝術上的突破。梵高（Vincent van Gogh, 1853-1890）也畫過基督，也跟所有人不同。所以，畫家是各人有各人的看法、各人有各人的趣味的，藝術就是這麼一回事。

我們就不能說：「這麼的基督像，不好不好，是壞作品。」不喜歡吃雞的人說雞不好吃，喜歡吃雞的人卻說雞好吃，也不管烹調好不好，他們都是趣味不同罷了。藝術比烹調有更多的選擇。

倫勃朗（Rembrandt van Rijn, 1606-1669；又譯作林布蘭）過去畫過許多自畫像，一直隨着年紀變化。他有一幅女孩子頭像，畫得很逼真，有光有影。為甚麼要畫成這樣呢？那就要去問問倫勃朗了。因為他喜歡這樣畫，因為他認為這樣才能表現出女孩子的面貌和心思。可有的人說不上喜歡不喜歡，就是不要同樣的這樣畫，像保爾．克利，他對「大人」們的畫法厭倦死了。所以，他用一種小孩子的畫法來表現他的思想。他說，他心目中的女孩子是這樣的。他說他這樣子畫是在嘗試用簡單的線條表現出黑白來。他當然是做到了。其實，保爾．克利畫這幅女孩子像是受到非洲土人的面具的影響的，他是在進入一個原始的世界。而且，他的畫，就有點像在畫一個夢。

馬蒂斯也不再畫基督了，他畫風景、靜物，畫人，眼睛不那麼好時，他剪紙。他的《年青水手》，有人說他畫的其實是他的兒子，爸爸把他畫成這樣，你以為兒子開不開心？這個年青人可能不是這樣的，下巴也許沒這麼尖，眼睛也許沒那麼大，但他在爸爸的心中是這個樣子。這個印象，是攝影機永遠也描述不出來的。

高更《聖母與聖子》

高更《黃色的基督》

高更《綠色的基督》

梵高筆下的基督

為甚麼要畫畫

牛不吃草當然就不能耕田了。這個道理，你和我都會明白的。現在，南南說要吃草去了，等她吃夠了草然後再來說她的文藝復興。至於畫家與畫，就交了給我，在半中間加一串插曲。我打算一口氣寫三打。

我是不講繪畫的歷史的。我一直不那麼喜歡歷史。所以，我決不會告訴你甚麼畫家之後又是甚麼畫家；或者拜占庭之後又有翡冷翠。我告訴你甚麼呢？我想過了，我還是告訴你，我們怎樣一起跑進繪畫的大花園去逛逛吧，就說說畢加索那種花為甚麼和馬蒂斯那種花不同，花為甚麼要長在花園裏，要長甚麼的東西才算。就說這些。

看，圖一是個基督像。但那其實不是基督，那不過是一條長長彎彎的象牙罷了。可是一條象牙跑進了英國一個雕刻家的手中，就變成了很有感情的基督。

圖二呢，是倫勃朗，倫勃朗是個大畫家，他不過用了一大堆顏色就把自己擺進畫布上去了，他很會用明暗對比的光線。這種本領，許多畫家都會，我就不行。如果我要把自己搬上去，只好把照相機拿來。而倫勃朗是個畫家，所以他就不用照相機，只用顏色就行了，在他的年代，那可不容易哩。

圖三，你是看得出的，那是一隻兔子，其實，畫家在欺騙我們，這哪裏是一隻活生生的好像會跳起來的野兔呢，那本來不過是一塊木頭呀。

人可以走進畫布，木頭會變成兔子，象牙會呈現出基督，這都是藝術家的本領。藝術家實在很像魔術師是不是？這麼多的東西，就像耍把戲。死的東西，都好像活了起來。畫家就是會把死東西變作活東西的專家。

人怎麼要繪畫？圖四是三個人，中間一個是基督，旁邊兩個把他拉拉扯扯，要拖去見希律王。啊，原來這是中世紀的人在講故事，有的人是因為要講故事，所以就繪畫了。有的人繪畫是不講故事的，像北方文藝復興時代的荷拜因（Hans Holbein, 1497-1543）這個畫家，他畫過亨利第八世，畫過宮廷中的一個女子（圖五），可能是參加婚禮吧，當時沒有照相機，就用畫來把她的模樣兒留下來，用作紀念，難得畫的是正面。另一位北方文藝復興早期尼德蘭的藝術大家凡·艾克，他畫了基督君王（圖六），是要表現出神的能力。像莫奈（Monet, 1840-1926）這個法國畫家，他畫了日出時在海上的景象（圖七），原來他的興趣是：捕捉當時一剎那的光。這可不容易呵，他可能認為這才是自然的美。這些，要說理由，就都是繪畫的理由。

現在總括，我要說的重心是：

一、畫家是魔術師，會把死的東西變成活的東西。

二、繪畫的理由有好多，而且各各不同；有時，根本不用理由。

圖二：倫勃朗《自畫像》

圖一：象牙雕刻基督像

圖三：畫在木頭上的兔子

圖四：中世紀的人繪畫的「拉扯基督」場景

圖六：凡．艾克繪畫的基督君王

圖五：荷拜因筆下的宮廷女子（局部）

圖七：莫奈《日出・印象》

「畫甚麼」與「怎麼畫」

你喜歡畢加索嗎？我喜歡透了，譬如那幅《格爾尼卡》（*Guernica*, 1937），就可能是近代最偉大的畫。但是，你喜歡猩猩嗎？我也喜歡猩猩，牠是我們靈長類的堂親戚。只是我喜歡畢加索是因為他的畫很好，我喜歡猩猩卻純粹因為牠是猩猩，雖然牠可能也會畫畫，也可能畫得很好很好。你說，畢加索和猩猩有甚麼不同？你喜歡誰的畫多些？我嘛，喜歡畢加索多，多很多很多。因為畢加索在繪畫上是非常出色的兩棲動物。

偉大的藝術家有兩種成因，一種是有本領把傳統的東西接過來，發揚光大，開枝散葉；另一種就是自己從傳統中打出一條門路，自創派別，成為新的掌門人。

再說那猩猩和畢加索。

現在，你就當我是坐在屋子裏。這邊是畢加索，那邊是猩猩。他們都在畫我的模樣。他們都可以把我畫出來，不管那是一堆顏色也好，一團糟也好，總之那就是我。我。好了，現在再叫他們把我畫成像一幅照相似的可以拍攝出來的我吧。畢加索做到了。但猩猩就不行。畢加索行，因為他是畫家，他受過「訓練」，他背負了傳統。猩猩不行，因為牠只會「畫」，而不會「想」。猩猩畫古怪畫，是牠只是「畫甚麼」，而不會想到「怎麼畫」。畢加索畫古怪畫（應該稱立體畫），是因為他會選擇怎麼畫，他揚棄了一般的畫法。畢加索可以畫很像真人的具像畫，他不畫，是「非不能也，是不為也」，但猩猩畫不來，是「非不為也，是不能也」。這分別可大了是不是。畢加索的素描非常好，畫功非常好，例如《病童》，是比較傳統的，就畫出整個精神面貌了。

畢加索畫過許多的公牛，大家可以從畫過許多的牛，看到他是怎樣的逐步化繁為簡，像中國的庖丁那樣，把牛逐步分解。他不斷分解，分呵分的，最後成為活動靈活的線條。這幅畫才可愛呢，全是單線素描的創造。

你一定以為這樣的牛誰不會畫，可是，世界上最難畫的就是這種畫，因為這種畫，實在是考驗一個畫家的本領，如果沒有下過一番苦功，這般活躍的牛是不會畫得成的。不信的話，你畫匹馬給我瞧瞧。畢加索並不是猩猩，他在古典中浸過，然後努力地創造了新的畫風。他不是不加思索，而是「畢生在加倍努力思索」：怎麼畫。

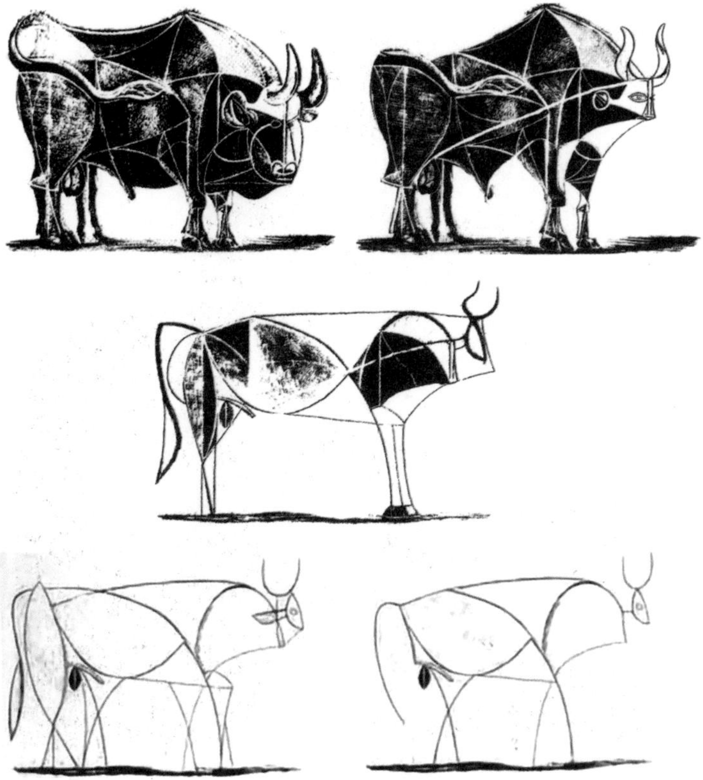

逐步分解

畢加索《病童》

牛

這次要說的畫全是牛。美國有一個時期牛少了許多，因為打獵的人太多了。但是有個印第安人對他的朋友說：「你知道牛為甚麼不見了？那是因為我看見有人把牛畫在簿子裏面了哩。」印第安人過去就是這樣想的，他們以為如果你要征服任何東西，只要把它畫出來就可以了。所以，印第安人是無論如何不肯由得你替他們拍照的，他們以為你如果拿了他們的相片，他們就會變作你的奴隸了。古時候的人就是這樣想，所以他們畫了許多牛，因為古時候的人最喜歡征服牛。

現在看看那些牛吧。這裏的每一幅畫牛都是不同的，畫畫的人不同，畫畫的年代也不同。但是一看上去，大家都會說：「這是牛嘛。」是的，是牛嘛。但是為甚麼這些牛畫法不同，可又都很相像，讓我們認出來呢？最古老的是二萬二千年前的人畫的，但和一百五十年前哥耶（Francisco de Goya, 1746-1828；又譯作戈雅）畫的牛，竟會這麼相似。牛這東西，經過了幾千幾萬年原來一點也沒變。山洞壁畫的是牛，哥耶畫的也是牛，同樣的是有個肥大的身子，彎彎向上翹的二隻角，和那麼的一條掃把也似的牛尾。真是怪事。

牛為甚麼不變呢？牛當然是不變的，因為牛就是牛，牛如果變成羊，牛就不是牛，是羊了。牛是沒有變，但是這些畫卻各各不同哩。牛雖然是牛，但每幅畫裏面的牛其實都不一樣。到底是甚麼使你覺得不一樣？看看畢加索的《格爾尼卡》中的牛吧，我們一看就知道是牛，但是畢加索的牛和比維克（Thomas Bewick, 1753-1828）的牛相比，是多麼的不同呀。到底是甚麼不同了呢？原來比維克是在畫牛的樣子，他畫得很細心，幾乎把牛的每一條毛都畫出來了，畢加索卻不單只是這樣。而在一幅克里特島的壁畫中，繪畫的人又把牛的動作也表現了出來，例如腿是如此這般地伸的，尾巴是晃圈子般地搖的。畢加索呢，也注重牛的形態和特徵，所以畫了牛應有的角，和牛頭的輪廓，但他更注重牛內在的「精神」是甚麼，那是野牛的兇悍和獸性。因此，牛雖然只有一種，表現的方法和意思卻有很多、很多。

總括，這次，要說的是：
一、相同的題材有不同的表現方式。
二、表現的程度有重內在和外在兩方面。

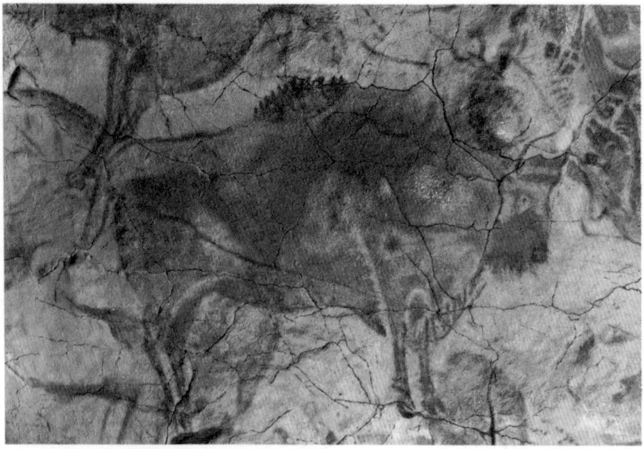

古代洞穴中的牛

哥耶的牛

畢加索《格爾尼卡》中的牛（局部）

比維克的牛

ABC

拍電影有拍電影的ＡＢＣ，畫家們繪畫也有繪畫的ＡＢＣ。這次我們甚麼都不講，就講講Ａ講講Ｂ講講Ｃ。圖一裏面分為三部分，一是橫線，一是直線，一是彎線。畫其實就是一些線而已，並不是甚麼了不起的東西，對吧？

以前我們說過了，繪畫可以用頂點在上、底線在下的三角形構圖，要來表現一種平穩的感覺。現在我們再看ＡＢＣ三種線條可以給我們甚麼樣的感覺。三幅小圖中都是每組六條線：六條橫、六條直、六條彎彎曲曲。其實它們都是線，但畫的「姿態」不同，所以，給人的感覺也不同了。像Ａ裏面的水平線，給人的印象是地平線，感覺是平靜悠閒。Ｂ裏面的縱線給人的印象是莊嚴，像一株株樹木或者教堂的內部。Ｃ裏面的彎線給人的印象是活潑，充滿了動作，比ＡＢ都靈活生動。

大家現在可明白了，當畫家們要表現平靜的氣氛時，他們大多會用橫線，因此，一些風景畫多數是橫伸的。當畫家們要表現崇高莊重的氣氛時，他們就用直線。至於要表現很夠活力的畫面時，畫家們就用彎線了。當然這只是一般來說。

保爾．克利是個很喜歡畫有趣東西的畫家，在他心目中，城市的風景是這樣子的：畫裏的線條全是直線、橫線，加上斜線，火柴盒一般的砌起來，但我們一看上去，這幅畫中的屋宇長長的，簡直就是一條長的水平線。畫很簡單，但是好像充滿了和平和寧靜，如果有人說裏面有人在打仗，你一定不會相信。

現在看另一幅畫，你應該相信戰事已經發生過了。畫面真淒涼。看那些直立破裂的樹，看那雪地上給炮火轟炸過的洞。這幅畫的構圖是用直立線為主，充分地透露了肅穆莊嚴而且悲壯的感覺。畫中的太陽又彷彿是幻想中貼上去的，一點也不真。這幅畫的名字是《日出：英梵納斯．柯布斯》，畫家是第一次世界大戰時的保羅．納殊（Paul Nash, 1889-1946），他畫的戰景是最感人的。

說完這個保羅，再說回那個保羅。保爾．克利雖然喜歡有趣的東西，但他最喜歡的卻是水族生物，特別是魚。你看，他畫的魚，全是漂漂亮亮的魚、艷彩的魚，全是些線條，出巡似的，還有其他花草配合，一定正遊玩得十分熱鬧高興吧。如果克利只是利用直直橫橫的線條畫魚，那些魚一定變成傻魚笨魚。現在，這些魚卻全像一副聰明模樣，就因為在線條之外，加上不同的、好看的顏色，每一條都不同。

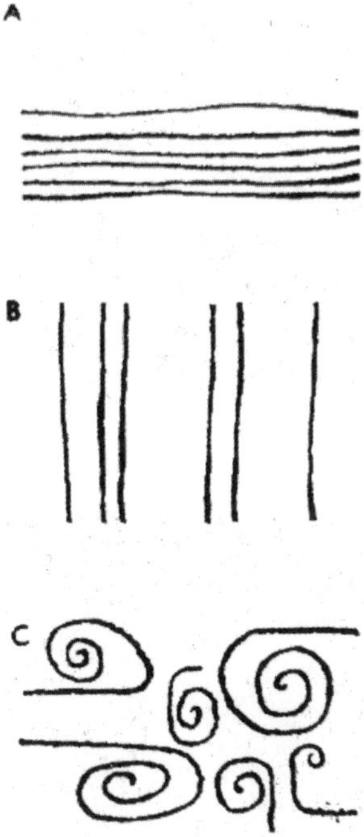

A（水平線）、B（縱線）、C（彎線）給觀者不同的感覺

保羅・納殊《日出：英梵納斯・柯布斯》

保爾・克利繪畫的魚

蘋果蘋果我愛你

喔喔，不用說，一提起蘋果我們就要提起塞尚（Paul Cézanne, 1839-1906）了。塞尚，蘋果，他們是兩位一體的。就像一提起雪茄，我們就要提起邱吉爾一樣。他們也是兩位一體的。塞尚活在我們以前一百年。他老喜歡坐在那裏畫最最簡單的東西。他不畫大英雄大皇帝，也不畫聖母耶穌天使；他畫的總是一個水瓶啦、三兩隻蘋果啦，這樣，他是在那裏「貴精不在多」，在那裏「水不在深，有龍則靈」。他是畫得很小心很仔細的，他會把蘋果看來看去，早看晚看，看了個飽，然後慢慢地畫。他這種的畫法，依我們看，就是「攝影式」的了是不是呢？因為，他是對着一些蘋果畫它們的；既然是對着蘋果，那麼一定是在畫蘋果的模樣，畫「自然」了。

是的，塞尚是畫蘋果的「自然」的，這就是說，他畫出的那個蘋果大家會一看就看懂是蘋果。他是畫蘋果的樣貌的，畫他所看見的輪廓的。不過，塞尚除了畫看得見的之外，還畫他所知道的「自然」。蘋果是有重量的是不？蘋果的大小、形狀，皮膚光滑不光滑，新鮮不新鮮都是有分別的是不？塞尚就去把這些抽出來。這個蘋果和那個蘋果有甚麼不同呢，去把不同的抽出來。塞尚這時候就像在和蘋果捉迷藏了，那些蘋果與眾不同的特質原來都躲在裏面，塞尚就去抽，抽呀抽，結果，你猜是怎麼一回事呢？原來那就是抽象畫。不過我們現在指的抽象畫，比塞尚的抽得還要厲害。

塞尚那麼抽了一番之後，大大小小的畫家都學懂了，於是畢加索也抽，布立克也抽，抽得十分熱鬧，但大家抽的並不是一樣的東西，所以大家的畫也就不同了。像塞尚，他抽得較多的是物質的重量和實質，所以他畫的東西都像很站得穩；其他像野獸派那些畫家，抽得較多的是物質的顏色。總之，大家走自己的路，只要條條大路通羅馬就行了。

這裏有兩幅蘋果。庫爾貝（Gustave Courbet, 1819-1877）是活在塞尚以前的，他並不抽；布立克（Georges Braque, 1882-1963）活在塞尚之後，他就抽了。被抽過了的蘋果就多了一種性格，世界上所有的東西都是有個性才可愛的。至於要分別古典畫和現代畫，拿個「抽」字去量量實在也很用得着。

塞尚畫的蘋果

庫爾貝畫的蘋果

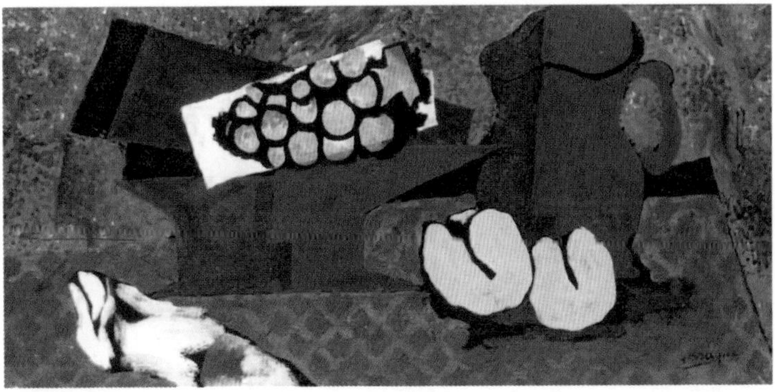

布立克畫的蘋果

高克多與教堂壁畫

意大利文藝復興時期有三位著名的畫家，都擅長畫壁畫，列奧納多．達文西、拉斐爾，以及米開蘭基羅。列奧納多．達文西的《蒙娜麗莎》、《最後的晚餐》，拉斐爾的《雅典學院》都是不朽的作品，而米開蘭基羅，他的代表作就畫在梵蒂岡西斯廷教堂。

自從米開蘭基羅以來，畫家輩出，但數到壁畫家，卻為數不太多，近代尤其少了。目前，除馬蒂斯、米羅、畢加索在教堂內畫過壁畫外，或者夏加爾為以色列的教堂做鑲嵌畫，藝壇又出現了一件傑作：就是一九五八年完成的漁人教堂壁畫；作者是當代法國藝壇的寵兒尚．高克多（Jean Cocteau）。他於一八九二年在法國出生。

稍為注意一下現代詩壇的人，都知道高克多是位詩人，在一九一八年出版過詩集《好望角》，被視為立體派的代表作，又於一九二五年出版過達達主義的《詩集》。高克多近年常用超現實派的方法寫詩，用宗教的色彩寫小說；再看深一層，就發現高克多其實是個多方面的藝術家。十七八歲時已成名，他一生喜歡嘗試新奇的工作，參加最前哨的藝術和文學運動，所以，他甚麼都試試，甚麼都有興趣，他成了詩人、畫家、音樂家、製片家、攝影家，劇作家、演藝革新者，又是工藝家。不過，他雖然甚麼都來一下子，卻一直以詩名，直到畫了壁畫後，才被人賞識他的另外多方面的才能。

從小，高克多住在法國南部，家人常去達紹爾海岸的斐拉角避暑，在斐拉角附近的佛朗許村，有一間教堂，只是寬八公尺、深十五公尺，由修道僧在十四世紀時所建，當時的居民大多以捕魚為生，他們利用這個教堂作為聚會之所，並作為補網、放置漁具的地方，這是一座名副其實的漁人教堂。高克多小時候常到教堂裏玩，因此，他和這教堂的關係很密切。

漸漸地，佛朗許村繁盛起來，當地政府打算建造一座大倉庫給漁民，高克多因為喜歡教堂，就買了下來。很久，很久，高克多沒想到應該怎樣採用它，直到有一天，他和作家喬治．西美農，到尼斯山上參觀了馬蒂斯在僧院禮拜堂內畫的壁畫，才決定用教堂來幹一件新鮮的工作。

教堂本來是漁民的，所以高克多想到了追隨基督的漁民使徒聖彼得，決定了題材，就由泥水匠動手洗刷，抹上白灰，高克多悄悄地進入教堂，向一代宗師米開蘭基羅學習。

他從早工作到晚，在教堂內，用粗純的黑色線條，來描述聖者的一生。本來，高克多這件工作絕對保密，可是不多久，消息卻傳遍了法國，記者紛紛趕來，不過，沒有人能夠進教堂一步。

這時，畢加索正住在新購的加利福尼亞精舍，離教堂不過二十哩外，知道了高克多畫壁畫，便找到了高克多。畢加索指點他顏色上的技巧，於是，高克多那幅壁畫改用淡色。其後，差利．卓別靈也來拜訪他，給了他極大的讚賞，並希望高克多把畫公開。

終於，高克多把教堂當作一件禮物送給佛朗許村全城的人。一九五八年十二月聖誕前數日，居民在教堂內舉行第一次彌撒，同時也肯定了高克多的天才。

高克多禮拜堂

高克多禮拜堂內的繪畫

稀奇古怪的雕刻

塑像，有時沒有四肢，沒有臉，頭細小得像一粒豆，頭上掘了一個孔，怪駭人地在本世紀呈現出來了；這些作品足以使米開蘭基羅或五十年前的羅丹為之震驚；但是，它們卻是現代的雕刻上的新的成就。英國名雕刻家亨利．摩爾（Henry Moore），在今天已經是和畢加索齊名的藝壇巨子了。

「我能在任何東西中看見一種倚靠着的形象——牆上的污點，滴散的墨水，或一塊小石。」這是摩爾創作的想像。今年六十一歲的他，生於一八九八年七月三十日，在約克郡山區，那裏有極多奇形怪狀的石，對於摩爾，那些石無疑具有很重要的啟示。摩爾的父親是煤礦工人，家境貧苦，他是八個兄弟姐妹中的第七個。曾經做過教師，參過戰；戰後入里斯的美術學校學習美術，覺得野蠻人的藝術作風比文明人自由，從這一個意念決定了未來新風格的創造。摩爾在里斯二年後，得免費學額赴倫敦深造，又得倫敦學校的旅行獎前往意大利觀摩。他喜歡原始、單純的作品，受埃及、希臘、羅馬、蘇馬蘭、伊特拉斯坎（Etruscan）和古墨西哥的原始作風影響。所以，摩爾的作品有些人類未開化時期的木刻風格：最突出的是沒有臉的頭，而且縮小，用圓孔代替了眼睛；摩爾所表現的，是用線、弧、影和洞。洞孔對摩爾來說，非常重要，他認為洞，就是山洞，可稱做空間，和實質一樣。這些山洞，可能來自他出生的地方。

目前，摩爾居住於倫敦北部的克浮西廣場，地大四英畝。他的工作室地方很小，但屋內的凳上放滿了石塊、木塊、骨頭、棒、貝殼、沙、卵石等東西，牆上掛着古怪的畫，鉛筆畫，或淡綠、淡黃、淡紅的色彩畫；作品中以婦人像、孕婦像最多，都具有誇張的筆法。

摩爾的作品非常多，多數是石和青銅。去年（一九五九年）聯合國文化機構（UNESCO）的主持人，請他為巴黎新會社刻一些東西，他自然地想到刻一座婦人的雕像。在創作的過程中，摩爾親自到意人利克拉拉山（Carrara）石場去購買石料，他認為雕刻者應該了解原料對作品的巨大影響。克拉拉山就是米開蘭基羅取石雕刻的地方，當摩爾面對克拉拉山時，發覺自己處於當年大師雕石像的地方，感到了深長的意義。摩爾所購的石，是一種多洞的淡黃的石，被稱為「羅馬得拉華亭」，石重六十七噸。創作中，有二個石匠幫他鑿去多餘的石，米開蘭基羅就說過，雕刻很簡單，不過是把多餘的鑿去。沒有多餘的石，然後由摩爾加工，作最後的工作。雕像長十六呎，重四十三噸，是摩爾至今最大的作品。這石像上也有摩爾的指紋——圓孔留在那無頭的石上。但參觀的人從那巨大的、抽象的、不合比例的肢體上，能看到廣闊的人文精神，他說：「雕塑有自己的生命。」

摩爾的作品在二十世紀無異是開了一嶄新的雕刻的路，融匯了新的精神，達到了空間形象的藝術。

（編按：摩爾於一九八六年逝世。）

克拉拉山石場

摩爾的雕塑作品

巴爾蒂斯的人物姿勢

現代畫有二個特色：其一，畫面錯綜複雜，令人有無從看起的感覺。其二，畫面所表現的形象都有點古怪。這二點，是一般人觀看現代畫時產生的感覺。

看不懂的畫我們見過很多的了（這裏，我們不提欣賞畫的能力問題），至於看得懂的畫，譬如塞尚的《穿紅背心的男童》那一幅，其中那男童的右手是特別長的；又譬如蒲斐的《人像》，其中人物都是瘦長起角的線條。這些，都是誇張的手法。近代繪畫中，以誇張手法表現人物的畫家很多，巴爾蒂斯（Balthasar Klossowski de Rola, 1908- ；簡稱 Balthus），這位法國人，原是波蘭貴族後裔的畫家，就是以表現人物特別的姿態出名。巴爾蒂斯的父母都是畫家，一直浸浴在藝術的環境裏，家中訪客不乏名詩人、名作家，例如里爾克、高克多、紀德。他從小愛畫畫，喜歡描繪各種孩子不同的姿勢，那是他年幼時的記憶，因為在九歲時就離開了巴黎，其實也離開了他的童年。他從未受過美術學院的訓練，在十三歲時得里爾克之助，已印刷第一部畫冊。

巴爾蒂斯畫中的人物，姿勢都別具個性，年齡大多介於童年與成人之間。他的畫，看來像是懸掛在謎樣的世界，呈現一種寂寞的氛圍。他本身也常與寂寞為伍，他憑記憶找尋表現的形象，那是一種透徹的反芻，好像被另一種眼光凝視過，可又相當自我，旁若無人，隨意坐臥。巴爾蒂斯表現出鮮明的線條、純一的趣味，寫實，卻接近抽象。據說超現實的畫家曾邀請他參加，他拒絕了，他喜歡獨立獨行。他其實相當古典。

有趣的是，他畫中的人物的姿態看似誇張，要真正地指出他的誇張之處呢，卻又好像找不到，這就是巴爾蒂斯奇特的魔力了。那些畫所被誇張的並不是某一肢體的長短或廣度，而是他捕捉的姿態，既正常而又像不正常。因此，有人說他的畫是不正常的人物的表現，巴爾蒂斯回答：「我在四歲時就覺得他們的姿態是那樣的，或者，那就是不正常吧。」巴爾蒂斯的風格使他別樹一幟。

今年（一九五九年），五十歲的巴爾蒂斯居於巴黎南部的一座十七世紀古堡中，和姪女還有八隻貓同住，他有時也畫風景畫，那些貓是他的模特兒，同時也是他的好伙伴。歐美各地的美術館為他舉辦過許多次畫展。

（編按：巴爾蒂斯於二〇〇一年逝世。）

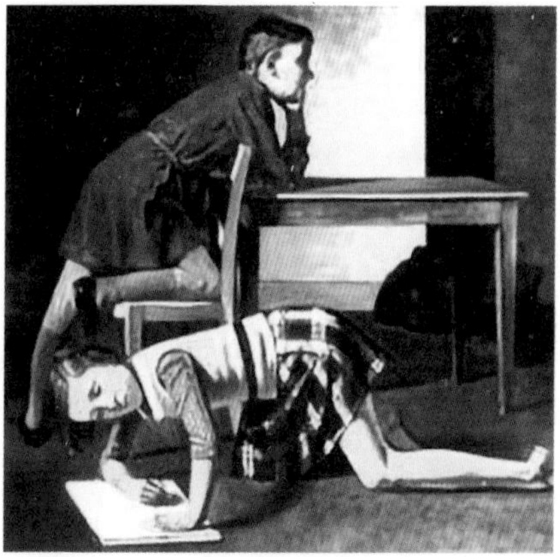

巴爾蒂斯筆下的人物

巴爾蒂斯《女孩與貓》

高克多，就是高克多

他寫詩，但不偉大。法國偉大的詩人是梵樂希。他寫小說，但不偉大。法國偉大的小說家是普魯斯特、紀德。他寫劇本，但不偉大。法國偉大的戲劇家是孟典蘭、尤內斯庫、貝克特。他繪畫，但不偉大。法國偉大的畫家是馬蒂斯、高更。他拍電影，但不偉大。法國偉大的電影作者是阿倫．雷奈。

高克多就是高克多。高克多並不偉大。他寫過七個劇本。三個並不著名，二個並不偉大，另外二個並不受歡迎。《安特宮》（希臘三大悲劇家之一的沙福克里士寫過這個悲劇。是很古典的）、《兩頭鷹》和《圓桌武士》並不著名。《安特宮》的故事的確是很古老的，但在一九二八年搬上舞台時，佈景全部由畢加索設計，音樂由奧那格作曲。法國在一九二〇年時，有六個音樂家組織了一個「六人組」的新音樂派，反對印象樂派，反對德布西派。高克多做了他們的代言人。其中一個就叫做奧那格。《地獄機器》和《可怕的雙親》並不偉大，偉大的是那些佈景設計，偉大的是那些很希臘的題材活在現代裏面。《酒神》和《奧菲》並不受歡迎。《酒神》卻很了不起。《奧菲》也了不起。

德國有一個小鎮有一種古怪的風俗，每一年選一個人出來，給他一星期絕對的權力去做事。這次，卻選中了一個叫做漢斯的白痴。這就是《酒神》的故事。白痴被選後便建立他的理想城市：反領袖、反宗教、反富貴，十足是一名盧騷的信徒。於是一名來自羅馬的紅衣主教來和他辯論。就像理想主義和理性主義對壘，盧騷和伏爾泰對陣。在第二場時，舞台上一邊站了紅衣主教及十五名政治家神學家，另一邊卻站了那個孤立而毫無防備的青年人。戲劇上演的第一天，莫里亞克（François Mauriac）也去看了，他越看越不對勁，最後一幕也沒看就跑掉了。那是一九五二年，莫里亞克剛得諾貝爾文學獎，一舉一動很受矚目。他一跑，氣壞了高克多。莫里亞克在刊物上說高克多和當時的一般文學家一般，認為上帝已死，說他們反宗教，高克多在年底反駁，文章中每一句都以「Je t'accuse」（我控訴你）開始，說紅衣主教是在拯救那無神論的白痴。文中他還引用了拿破崙的名句：「思想是我們的敵人。」（拿破崙原來的意思是：「一個和自己想法不同的人就是自己的敵人。」）來指斥莫里亞克的看法。

很會彈豎琴的奧菲死了妻子，他去地獄中把她討回來，但半路上他回頭一看，她永遠不能回到地面上來了。這是《奧菲》。高克多的《奧菲》是現代的。他喜歡神話的人物。十九世紀的人喜歡說：神話是騙人的，世上沒有伊甸，沒有杜洛城，沒有海倫，沒有荷馬，沒有阿瑟王。高克多願意和這樣的人爭辯，神話是由於時間的緣故由假變真，歷史卻由於時間的緣故由真變假。

高克多年青時，過着叛逆的浪子生活，有一次跑去住在比朗酒店，站在花園裏而沒有一個人認識他。晚上，他常常見到對面的窗子裏有燈光。後來，幾年後才有人告訴他，那有燈光的屋子住着的便是羅丹的秘書詩人里爾克。一九二六年，《奧菲》出版，里爾克雖然病重，卻把它翻為德文。但還沒譯完已經死了。《奧菲》上演時，里爾克來了一個電報：「告訴高克多我愛他，因為只有他一個人進入了神話的世界；他從神話中遍體古銅色回來，猶如從海灘歸來。」但許多人並不喜歡《奧菲》。高克多說過：「書寫是愛的行動；否則，書寫便只是寫字。」

雖然許多人不歡迎《奧菲》，《奧菲》是重要的。法國目前只有兩個作家拍過電影，一個是馬爾勞（他現在和戴高樂相處得很不錯，當了官）。另一個就是高克多。他自己拍過兩部電影。另外三部是掛了他是作者的名字，製作卻和他無關。第一部由高克多自由自在地自己要怎樣便怎樣拍的電影是《詩人之血》。那是一九三〇年，高克多肚子裏連一點電影製片法的ABC都沒有。他說拍電影用不着學技巧，每一部電影有每一部的技巧。他倒是對了。在《詩人之血》中，他採用了自己叫做「光的墨水」的方法，把素描搬上銀幕。主要的是表現一個學童在雪地上玩，被雪球碰傷流血至死。血全染在雪上。《奧菲》裏面也有一個詩人之死。在電影中，《奧菲》和原劇本的細節是完全不同的，但技巧比舞台成熟，其中，人從鏡子走向另一個世界，和兩段地獄路程的走法都別具風格。這片大會堂放映過，片頭設計是高克多自己畫的。高克多最喜歡畫豎琴。

高克多天生對豎琴特別寵愛。他畫的豎琴也有許多種類。和他的戲劇一樣，他的畫的線條很有古典的希臘風，全是單線條的素描。有一次，他買下了法國海岸的一座漁人教堂，躲在裏面畫了一幅大壁畫，畢加索還跑去看看，指指點點，十分熱鬧。去年（一九六三年），高克多死了。法蘭西文學院的一群紳士們（和波芙亞無關）送了一個大花圈，是一個鑲滿玫瑰花的大豎琴。豎琴是詩人的。高克多喜歡寫詩，幼年時，他把自己當作拜倫。他的詩集是《好望角》、《十架》、《字彙》和《清唱》，屬於超現實主義。但高克多不是永恆的詩的噴泉，沒有人知道這個噴泉噴出來的將是甚麼，可能是詩、是小說、是畫、是電影。因為高克多是粒不安分的麥子。

高克多《美女與野獸》劇照

高克多《詩人之血》海報

高克多《奧菲》海報

看不懂

許多人說的：現代的一些畫老是叫人看不懂。這裏我搬來了的三幅大概就是那種許多人說的老是叫人看不懂的畫了。這種東西，怎麼看呢？那容易，但先要學會一套本領才行。其實，我現在要告訴你的本領已經是很古老很古老的了，就是列奧納多．達文西的本領。列奧納多就是那個畫《蒙娜麗莎》的人。《蒙娜麗莎》畫得好不好我們現在別管，只說列奧納多的本領。列奧納多最喜歡看牆了，很奇怪是不，他一有空便去看牆上的裂縫，這不壞呀，那很有趣呀，他就看出了一些「美」來了。牆上根本沒有畫，沒有甚麼東西，不過是一些裂縫。裂縫就是線條。他看出一種美。

我們就要學這種本領，去看，多看。不是要看甚麼東西，只看線條，只看美。一塊玻璃給弄破了，我們就去看它的裂紋；一滴牛奶掉在地上，我們就去看它的形狀。當你在看一塊玻璃的裂紋、一滴掉在地上的牛奶時，你會傻得要問自己「這是甚麼，我看懂了甚麼」嗎？

許多的畫都是給人去感覺的，不是叫人去看出甚麼東西來的。浦洛（Jackson Pollock, 1912-1956；又譯作波拉克）的抽象畫就是畫來給人去感覺的。為了排除觀者的成見，他的作品沒有命名，只有編號。譬如你對一滴掉在地上的牛奶怎樣看，就對他的畫怎樣看。不過，浦洛原作的畫布上往往有許多「條紋」，像一條條麵條給貼在畫布上（所以有人叫他的畫做麵湯），對畫的美有很大的影響。

看過這幅畫，如果想要看出畫的是甚麼，那麼你只好自討苦吃。它打破了過往繪畫長期強調再現現實的框框，它為色彩、線條，抽象地還原。這是接近現代音樂的。你要看的，不是它畫甚麼，而只是整幅畫的顏色和紋理，配合而呈現的一種樣貌而已。它只能引起你去想像，不會告訴你甚麼的。米羅（Joan Miró, 1893-1983）的《完美的星空》也是這樣，它不過是一幅顏色畫（和彩色的教堂鑲嵌窗畫很相近），雖然裏面有不少動物，有人有鳥有魚，可以叫你亂猜一頓，但不過是叫你藉這幅畫去聯想你自己的夢境，喚起你心中的一首詩。如果不，你乾脆就直覺去看，看它的色彩，然後問問自己，如果這是一幅布，做一件花襯衫穿是否漂亮。多簡單。

抽象畫家其實都有畫具象畫的能力，那是基本功，米羅的《農場》不是很清楚、紮實麼？海明威看了，就大受感動。

畫家們並不要你看得懂他們的畫，它突破了可以辨認的具體形象，如果你偏要問這是甚麼、畫的是甚麼，我也沒辦法了。

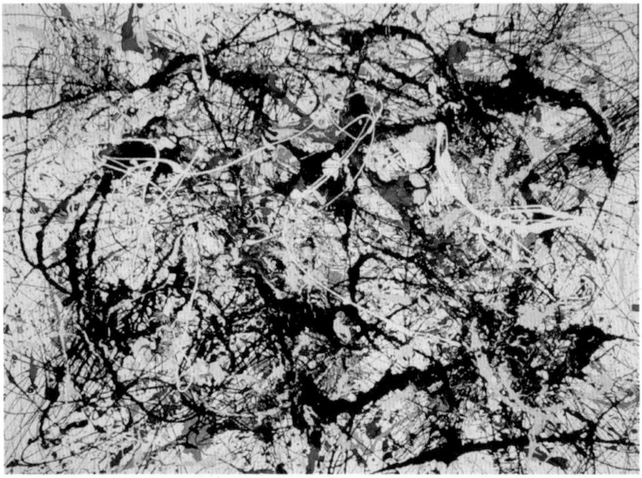

浦洛的抽象畫

米羅《完美的星空》

米羅《農場》

西西的美術時期——後記

何福仁

本書西西寫的主要是文藝復興前後的畫家與藝術。早在一九六〇年，西西先在《中國學生周報．藝叢》版寫作；其後，一九六三年，開始以「畫家與畫」的專欄形式，逐期發表於《中國學生周報》，有時用的是另一筆名南南。西西曾自稱當年有個「電影時期」，其實她同時有個「美術時期」，不過所謂「時期」，大抵有一個指定的時限，西西的「美術時期」，可一直延續至離世前的晚期。一九六〇年代的「電影時期」，她這方面的寫作，近七十萬字，並且剪接了一齣紀錄片《銀河系》。豈知同一時期，她居然還在有系統地談畫家談畫，真可說是「花開兩朵，各表一枝」。這另開的一枝，還沒有人整理過。而她自己也繪畫，學生時代已經為自己的作品配圖，有木刻有膠刻。她沒有受過繪畫的正規訓練，一如她沒有上過創作班的課，可也寫得極佳，也畫得不差。她會看小說，會看畫。

大概六七年前，一位要移居外地的舊友，交來一疊西西《中國學生周報》「畫家與畫」專欄的影印，我翻了一陣，轉交西西。數天後我問西西，我説應該出一本專書。她搖搖頭，答：不用了，太久了，寫得不好。改改，不就行了。我哪有精神改。——其時她正忙於寫《欽天監》。大概見我有點失望，這次可不是扮的。那麼，她説，由你改。

怎麼改？這就放下了。到我開始整理她的遺作時，才又再把文稿翻出來。細讀之下，發覺這原來是她的一本有意識寫作的專書，她從埃及的文物遺產寫起，然後着力於文藝復興的藝術，有通盤的構思，向年輕讀者仔細述説西方藝術的發展，從遠古直寫到近代，最後告訴我們藝術的理念：為甚麼要繪畫，要畫自己的畫，找你自己的聲音。她提出，「畫甚麼」固然重要，更重要的，是「怎麼畫」。這無疑打通了她一生多元寫作的信念。在一九六〇年代談西方美術的發展，她當然不會是最早，可深入淺出、通盤地談，已很了不起。而且她有自己的看法。一如當年她編輯《周報》「詩之頁」，談詩時借鑒美國威廉斯的説法（我説那麼早，可也沒説她是最早），主張寫作地方聲音形貌、明朗的詩，她自己一生貫徹，新人中起用了也斯、柏美。《周報》當年銷量達二萬多份，影響力絕對較其他綜合的文學文化刊物大。她對文學藝術的主張，自始一貫。當年沒有電腦，更沒有互聯網之助，她只是工作以後，每月發薪，就買一本厚厚的畫冊；多年後，她才在歐洲各地看到，全都親眼看到，筆下提及、寫及的真跡。她要是重新再寫，自然另有一種面貌。但這個半世紀前之作，絕不失禮，沒有找回這珍貴的一塊，那寶藏的拼圖，是不完整的。

關於編輯對原作修改的問題，我並非原教旨主義的信徒，並不以為原作不可改。我看過講著名編輯柏金斯（Max Perkins）與作家湯瑪斯·伍爾夫（Thomas Wolfe）的電影，叫 *Genius*（港譯《筆羈天才》，二〇一六年）。*Genius* 是單數，天才究竟是指編輯還是作家，抑或兼指兩者？內地譯作《天才捕手》，則明顯是指發掘天才的編輯。柏金斯發掘過海明威和費茲傑羅，他同樣發掘了伍爾夫。伍爾夫的名作《天使望鄉》（*Look Homeward, Angel*），經過柏金斯的修改、編排。這書我多年前看過，我當是自傳式的成長小說；至於伍爾夫另一本《時間與河流》（*Of Time and the River*），五千多頁，令人望而生畏，柏金斯不止改，還要刪，兩個人在長河裏纏鬥了好幾年。我還想到艾略特，他的〈荒原〉原詩有八百多行，龐德大刀闊斧凶狠地刪改，出版時只餘四百多行，又重新編訂。柏金斯稍截伍爾夫的巨流，兩人搞得很不愉快。艾略特則是認同龐德的，〈荒原〉最初就發表在艾略特自己主編的《標準》（*Criterion*）創刊號上。我想，我對西西原作的改動，西西也是會客氣地莞爾；她說：你改。

怎麼改？中文校對，與西方的 proofread 有別，中文的校對員，工作只是按照原稿改正排字的錯誤，不涉內容。Proofreading 則兼有審核、修訂內容，是編輯的做法。至於 copy editing，是看了稿，提問，和作者商量、斟酌，等等。西西在生時，我的工作，純屬幫閒，有時幫忙找找資料，不過有時倒近乎 copy editing，因為是最先的讀者，倘她發問，我也會說說印象、想法。如今這本書，則是 copy editing。

我當然不是柏金斯。我的做法不外是：首先，重新編排次序，因西西本書的寫作，每周一篇，有時並不按畫作的次序，我把它們順時序編定。其次，我修改了一些我以為比較平庸的題目，改了也仍然平庸，那是我的能力問題。再其次，我也改了一些比較鬆散的文句，她同一時間應付不同的寫作，又正在教書，不過意思我是不會改的。此外，我為畫家加上英文名、一般通譯，以及生卒年份。錯別字肯定要改。她喜歡翡冷翠的譯名，多於佛羅倫斯，就照她的意思改。還有就是，原圖黑白、破損，都不可用，要花好些時間重新搜尋。

這書出版，必須感謝張佩兒小姐，她同時要編輯西西四本新書，盡責而努力，並為圖片加上說明，我知道她是很喜歡西西的。當然還有副總編輯黎耀強先生的支持。中華書局，是西西在洪範之外，晚年另一個很好的伙伴，謙慎而勤快。

畫自己的畫

西西 著

何福仁 編

責任編輯 張佩兒
裝幀設計 簡雋盈
排　　版 陳美連
印　　務 周展棚

出版 中華書局（香港）有限公司
香港北角英皇道四九九號北角工業大廈一樓B
電話：（852）2137 2338
傳真：（852）2713 8202
電子郵件：info@chunghwabook.com.hk
網址：http://www.chunghwabook.com.hk

發行 香港聯合書刊物流有限公司
香港新界荃灣德士古道二二〇—二四八號
荃灣工業中心十六樓
電話：（852）2150 2100
傳真：（852）2407 3062
電子郵件：info@suplogistics.com.hk

印刷 美雅印刷製本有限公司
香港觀塘榮業街六號海濱工業大廈四樓A室

版次 二〇二四年七月初版

規格 三十二開（190mm×130mm）

ISBN 978-988-8862-30-6